国家出版基金项目
NATIONAL PUBLICATION FOUNDATION

这里是新疆丛书

胡杨的微笑

李枝荣 ◎ 著

新疆文化出版社

图书在版编目（CIP）数据

胡杨的微笑 / 李枝荣著. — 乌鲁木齐：新疆文化
出版社, 2024.6
（这里是新疆丛书）
ISBN 978-7-5694-4329-5

Ⅰ.①胡… Ⅱ.①李… Ⅲ.①纪实文学—中国—当代
Ⅳ.①I25

中国国家版本馆CIP数据核字(2024)第069711号

胡杨的微笑
HUYANG DE WEIXIAO

著 者 / 李枝荣

出 品 人 沈 岩		责任印制 刘伟煜	
策 划 王 族 王 荣		装帧设计 李瑞芳	
责任编辑 马音杰		版式制作 田军辉	

出版发行 新疆文化出版社有限责任公司
地 址 乌鲁木齐市沙依巴克区克拉玛依西街1100号（邮编：830091）
印 刷 永清县晔盛亚胶印有限公司
开 本 787 mm×1 092 mm 1/16
印 张 12
字 数 93千字
版 次 2024年6月第1版
印 次 2025年1月第2次印刷
书 号 ISBN 978-7-5694-4329-5
定 价 36.00元

序

时代洪流激荡，那是因为无数条溪流汇聚而成的磅礴力量，我可能是溪流激荡出的一朵浪花。伟大的时代，其实是由很多平凡的人、平凡的事构成的，我愿意做一名时代的记录者。

从 2016 年 10 月起，我和新疆各级干部一样，与基层各族群众结成亲戚，用真情实意亲身经历与亲戚的每一段时光。刚开始，我们是两个月走一次亲戚，后来调整为一周看望一次，再后来又调整优化……我珍惜每一次去农村亲戚家的机会，不仅可以和农村亲戚见面，还能和同事们结伴同行，每次有不同的体验，因此亲戚之间、同事之间有了更多的交流，这也为我提供了很多素材。由于我坚持每天记录在农村的所见所闻，才汇集了这本与亲戚之间的温情故事。这本书记录了我和自治区总工会同事，包括我调到新疆艺术学院后和新同事走亲戚的真实记录。文字不是很长，但是记录着我们与亲戚们的心路历程，记录了亲戚一家的变化，记录了农村的变化，乃至从点上可以看到整个新疆的可喜变化。

发生在新疆大地上的故事，是值得每个人去书写的。白居易说，"文章合为时而著，歌诗合为事而作"。我们与亲戚的故事一直在新疆大地流传，这些故事鲜活而朴实，我觉得，唯有朴素的语言才能记录这些真实的故事。在这个过程中，我的记录是认真的，也是最为动情的；是真实的，也是极为轻松的。朴素、认真、动情、真实、轻松的语言，讲述着新疆可喜的变化。是的，时代在前行，我们只是时代的记录者、追随者，还需要加快步伐才能与时代同行。

自十三岁我来到新疆，至今四十余年，在这里求学工作、成家立业，新疆已成为我血肉相连的故乡，这片土地给予我太多太多恩赐和包容，我对这片土地充满着深深的热爱和感恩。我和所有生活在这片土地上的人一样，呵护着这里的一草一木，挚爱着这里的每一个面孔，喜欢着这里多姿多彩的风情，期待着这里山河安澜百姓喜乐。

新疆的瓜果很甜，新疆的人情味儿很浓。写新疆风情的文字如同一颗颗饱满圆润的葡萄有滋有味，记录亲戚的文字如同紧紧相抱的石榴籽有情有义。

目 录

第一辑

走 亲 戚

2016年10月31日下午，自治区总工会"民族团结一家亲"活动开始，从乌鲁木齐出发，我们第一批30多位同事，踏上了去南疆走亲戚的路程。火车上同行的还有自治区其他厅局的干部，占了大概一节半车厢。同事一起同行，一路上难得轻松和快乐。过了白天就是黑夜，天亮后到了目的地阿图什市。

到了尤喀克买里村，见到村干部和村民，握手已经很难达意，唯有拥抱方可传情。

村上的变化很大，换了新装的村委会办公楼上张贴着最新的宣传标语。新修建的村民服务中心时尚而又安静。隔壁阿湖乡中心小学新建的教学楼里传来琅琅读书声。国旗飘扬的村委会，已成农村一道风景。我们几个人在本村没有亲戚，因为尤喀克买里村经过三年的努力，不仅摘掉了贫困的帽子，而且在社会治理等方面也取得良好成效，这是干部们及全体村民共同努力的结果。

看亲戚仪式在托格拉克村举行。50多位农村亲戚站在村委会门口迎接卡德尔（维吾尔语，干部）亲戚的到来。一时间，问候问候复问候，握手握手复握手，拥抱拥抱复拥抱。干部们都在寻找自己的亲戚，仿佛第一次约会，却不知道对方的模样，心中充满期待和惊喜。我请人帮忙找到了我的亲戚阿克木·沙吾提，虽然未曾谋面，一见却很亲切。

在村民活动中心，干部们和自己的亲戚坐在一起。这一刻的情景，就像石榴籽一样紧紧抱在一起。苏峰部长在发言中几度哽咽，其发言更是被村民的掌声几度打断。他的优秀事迹至今还在托格拉克流传。村民听了发言，也激动地站起来讲话，滔滔不绝全是肺腑之言，虽然我没有听懂，但从会场热烈的掌声中，可以感受到村民对自治区总工会开展工作的认可和感激之情。我在发言时说，我们用一颗真心换取亲戚的真心。当天最强烈的感受，是干部和村民亲戚之间毫不吝啬的爱。

仪式之后是城里的亲戚和新结的亲戚同吃一盘抓饭，同跳一支舞蹈。亲戚们都在谦让，或者上手把肉递给对方，情感自然流动，不用说，同一旋律下照样翩翩起舞。妍琴、鸿江大哥就有让人羡慕的舞姿，那种落落大方才最美。在现场，杜部长为亲戚送上了自家的全家福照片和礼物，亲戚为他戴上了小花帽。宝荣也是如此，亲戚给他戴上一顶小花帽格外好看。张娇和买力克披上了亲戚送上的丝巾，更加美丽端庄。机关的同事们和自己的亲戚合影留念，自然而又亲切。

郑主席的亲戚是没有劳动力的一位大妈，他为亲戚家协调了刺绣机，看着郑主席一直拉着老人的手，那一刻，我的眼睛湿润，深受触动。郑主席不仅是总领队，还兼任厨师。他给亲戚送完礼物，电视台的记者正在采访，在记者采访大妈时，郑主席跑到百米外的食堂炒菜去了。要采访总领队，我们又把他从厨房叫了回来，他和老人在棚圈前说话，说了几句普通话没有得到回应，便说卡拉(维吾尔语，牛)，老太太听懂后接上了话。

吐尔逊江的亲戚有一个动人的故事：吐尔逊江在阿图什上的中学，学生时代还来过托格拉克村的老师家。吐尔逊江这次到村里后，打听老师，可惜老师夫妇已经作古，却打听到了老师的妹妹，这次走亲戚便实现了他报答师恩的心愿。

我的亲戚阿克木62岁，是一位有着35年党龄的老党员，家境还好。阿克木大哥有两个儿子和两个女儿，孩子都有自己的事业。阿克木大哥是老大，他说我是他另一个弟弟。他给小儿子希尔买买提介绍说，这是你的叔叔，于是我又多了一位维吾尔族侄子。我给他赠送了装有新华社新闻APP的智能手机。他说他也有一件礼物要送我，是一套保暖内衣，穿上它定是贴心又温暖的。

次日，干部们又去亲戚家。带我们认路上门的是五小队队长，叫买买提·沙吾提，是我的大哥阿克木的弟弟，自然亲上加亲。阿克木大哥在喂牲畜，大家参观了他家的果园，园子很大，有杏树、核桃树、红枣树等，他说来年请大家品尝。我们又钻到牛圈，或叫养殖棚，上面飞的鸽子，地上跑的牛羊，还有气宇轩昂的斗鸡，品种很丰富。临走时阿克木大哥给了我两个自家种的大南瓜，礼物都收了，心意不可拒绝。我问他有没有需要帮助的地方，阿克木大哥大方地说，一点也没有。其他同事忙着认自己亲戚去了，我想和阿克木大哥多待一会儿。我的维吾尔族侄子希尔买买提和他父亲是对门，只是隔了一条马路，我便去了侄子家。侄子是一位木匠，手很巧，房子的木工和管线是自己做的，他给我看了木工和电工的职业资格证书，说目前还没有找到工作。我想把这一情况告知同事，看看谁能为他找上工作。

阿克木让儿子希尔买买提骑摩托车送我找同事刘宝新。希尔买买提载着我出发,路过他奶奶家,我便主动上门认了老干妈。老干妈听了我的自我介绍,就高兴得合不拢嘴,"亚克西巴郎"(维吾尔语,好娃娃)说个不停。老太太很有意思,高兴地说,她又多了一个儿子。希尔买买提指着路边的民房说,这是买买提叔叔家,那是亚力坤叔叔家,那是……我明白了这个家族人口众多,撑起了五小队的半边天。追到同事刘宝新的亲戚家,这家亲戚主人有疾病,他煮好了土鸡蛋迎接城里的亲戚;同事陈书记的亲戚出去到天津打工了,陈书记就找到亲戚的哥哥,在哥哥家详细了解弟弟的情况,又让他带着去看了亲戚家。

我们结下的友谊还在继续。许多同事去时带了很多礼物,看望村里的朋友和亲戚。汗克孜·艾依提还专门到大队来看望我们,为我们几个人戴上了小花帽,给同事哈提热姐姐送了一条漂亮的丝巾。

和玉山大哥一样,大家去时带了超大包裹,回来包裹还鼓着,送出去了一包礼物,又收获了一大包礼物,收获的是心心相印。我也如此。

心近了，亲戚更亲了

前两天，单位的同事在排练节目，为一个重要活动做准备。那天下午我到财务部，看到同事们正在唱歌跳舞，还有电子琴的伴奏。我们的主要领导看过了节目，在机关大会上提出了表扬。

就在当天，星期六中午，排练的节目正式与观众见面了，自治区总工会、团委、妇联三家联合开展"民族团结一家亲"联谊会，这是重要的交往交流交融活动。

上午的活动准备得很充分，活动策划很是用心。安排桌次也很讲究，每个桌子都有三个单位的干部职工。我在二号桌，有三个单位的领导、部门负责人，还有青联委员、女企业家代表等。

节目编排很有意思。第一个节目是舞蹈表演，是自治区著名舞蹈家迪丽娜尔·阿布都拉的舞蹈《欢庆》,舞蹈很是精彩,气氛很浓烈。(活动后才知道,迪丽娜尔·阿布都拉这个人可不简单,她是中国文联副主席,中国舞蹈家协会副主席,新疆维吾尔自治区文联副主席、舞蹈家协会主席,中国十大杰出青年。)

第二个节目是自治区团委两名干部演唱的歌曲《真像一对亲兄弟》,他俩长得也像亲兄弟。

我们工会的第一个节目是歌曲大联唱。工会干部们用歌声礼赞团结,用歌声放飞希望。歌曲散发着期盼美好生活的芬芳,一句"亚克西"凝聚了建设美丽新疆的希望;一首《爱我中华》唱响了56个民族共同的愿望。歌声很有感染力,最后边跳边唱,赢得了现场观众热烈掌声。工会的五位领导都参与了节目,演出阵容不小。

全场的小高潮是诗朗诵节目,作品来自维吾尔族诗人黎特夫拉·穆塔力甫的诗作《中国》,大家精神饱满,声情并茂,气势宏大,把大家带进了诗的意境。

四位团干部用真情演绎出诗人的爱国情怀,参与的两位干部用维吾尔语朗诵,发音没有那么准确,语调却是抑扬顿挫,其中一位还是援疆干部。少数民族干部则用普通话朗诵,发音标准得如同专业人员,他们的每一段朗诵都能赢得掌声。

团委的青年干部表演了说唱神曲《This is 新疆》。我从网上搜了下,摘录了一段:"各族兄弟抱成团,兄弟团结有马骑,妯娌和睦有饭吃,民族团结一家亲;各族兄弟共同出力,为了美好的未来我们一起努力!This is 新疆,不是你想象的那样,新疆,一个来了就不想走的地方。"主持人说网络视频有数百万个点击量,大家不妨去听听,这可是一个很有激情的表演。

我们工会的节目《三句半》把联欢会气氛推向了高潮,节目内容取材于真实故事,接地气、有趣味,关键是表演也精彩。中间还出点小插曲,表演要敲锣打鼓,孙勃兄弟激动得把鼓槌打飞了,马莉小妹差点忘了词。"我们的干部在基层,房前炕头话真情,田间地头为增收——亲人!"肖开提哥哥故意制造了本次联欢会的经典语言"亲人啦。"这肯定是今后干部见面的必用语了。

《红灯记》选段的表演者是团委的干部,普通话里还带点"皮牙子"(维吾尔语,洋葱)的味道,感觉也是蛮好的。随后是妇联干部表演的歌伴舞《祝福祖国》。妇联的领导班子成员集体朗诵的诗歌《一个妈妈的女儿》,演出者精神饱满,节目效果很好。团委全体班子成员的大合唱《我们的歌》也很有感染力。

欢快的麦西来甫把联欢会推向又一个高潮,身着漂亮演出服和民族服装的干部职工主动上台,分管工青妇的领导也与大家一起跳舞。我看到特邀参加活动的劳动模范、优秀青年和先进妇女代表都在翩翩起舞。

节目的最后,全体人员集体起立演唱《歌唱祖国》,全场歌声嘹亮。那一刻,我的内心升腾起一种自豪感,祖国是被歌唱被礼赞最多的。祖国就是我们的家,没有祖国,我们何以立家?

零距离探亲记

这几天,我的同事们都在忙着去农村看亲戚,大家为农村的亲戚选购礼物:糖果、书、衣物等等,既有大人的,也有孩子的。大家都在用心做这件事情。

2017年1月13日是春运的第一天。自治区总工会的同事们早早地来到乌鲁木齐南站。

同事平常忙于工作,来往其实并不多。由于这个活动大家交流反而增多了。在车上,大家把彼此带的食品拿出来共同分享,一起聊着愉快的话题,这种交流拉近了彼此距离。

同事库瓦尔带着女儿阿尔娜,小姑娘成了我们一路欢歌笑语的小明星。她先是尽情地唱歌跳舞讲故事,还把妈妈买的小吃送到每一个叔叔阿姨乃至整节车厢的旅客面前。孩子分享了食物，大家收获了快乐。

早上九点半到阿图什，村委会同事来接我们。先到村委会吃早饭，然后大部分干部到托格拉克村会合，去见各自的亲戚。村民得知消息后到村委会领自己的亲戚，大家成群结队前往，路程稍微远一点的还需要开车去。

我的亲戚阿克木大哥来了，见到我非常高兴，握手又拥抱。我和同事胡西塔尔开着车来到阿克木大哥家。阿克木大哥的客房热气扑面，显然早早就架火烧炉子了，火炉上的锅里正炖着一只鸡。阿克木大哥的儿子拿水壶请我洗手，我给哥哥送上了礼物。阿克木大哥让我坐到了炕上，嫂子端上馕和苹果、梨、橘子，彼此问候，从大人问到小孩。聊天时煮好的鸡被捞了出来，然后分成了两半，一半儿端上来让我和胡西塔尔吃，真是盛情难却。

阿克木大哥用一个大馕把另一半鸡卷了起来，让我带在路上吃。阿克木大哥说："特别高兴你从1500公里外来看我。"这多不好意思，阿克木大哥的盛情让我感动。

阿克木是一位老党员，他家里养了两头牛、20只羊，日子过得非常殷实。我说阿克木大哥是一个勤劳善良的人，他说："苏峰（我的同事，曾在这里一年）问我为什么这样勤快？我说今天不行了嘛明天还可以再来，今年不行嘛明年再来，你要是停下来嘛，啥事情也干不成了。"坐了一会儿，该走了，阿克木大哥把那半只鸡装进了塑料袋里，非要让我带上。出院子前，他掀开一个门帘，我跟他进去，里面立即传来嘎嘎嘎嘎的叫声，阿克木大哥养了50只鹅，看样子都长得不错。阿克木大哥说给我带两只鹅，我婉言谢绝。我和哥哥嫂子在家门口照了相，我特别喜欢门口墙上的那幅画。

回到托格拉克村委会，进院子就看见工人时报社的同事艳霞接过了他的亲戚递过的一摞子馕，几人开心地笑着，让人看了非常感动。

午饭后去了亲戚汗克孜家，给她送上了我出版的新书，书中原来那个穿着保守的女子已经很时尚了。她感谢亲人们对她的帮助，让她有机会去北京看看。她又是端茶水又是拿水果招待我们，走时她家人还买了一只烤鸡给我们带上。

我一直惦记着那个木匠，下午去了木匠木沙江·巴图尔家。木匠见到我就像见到同事一样搂住了脖子，让我惊喜的是木匠记得我的名字。我的新书中有一页是木匠的照片，木匠看到书上的自己十分开心。木匠要留下我的名字和电话，他找到了一支秃头铅笔，用那粗大的手拿起斧子灵巧地削尖了铅笔，然后写在了大门上，大门上面已经记了很多电话，这是我目前见到的最有趣的大门电话本。木匠激动地要给我拿挂在房顶上快风干的葡萄，被我坚决拉住了。那年他用嘴奋力吹去葡萄上的灰尘，然后热情地让我吃葡萄的情景立刻浮现在眼前。

伊帕尔古丽和他的妹妹依力米努尔来了。两个小朋友都长大了，学习都很好，一个上九年级，一个上四年级，伊帕尔古丽保持在班上前三名。当年依力米努尔几乎不会说国家通用语言，现在可以流利地交流了。伊帕尔古丽问我啥时候走，我说下午，她听了就流泪了。她请我去家里坐坐，我说以后还会来，她说大人骗人，上次说去就没有去。她家的房子已经盖好了，我听了很是欣慰。

当我把出版的新书送给吐尔逊江和阿不力克木老人时，他们的笑容和书上的笑容一样灿烂，我们的友谊已经不用语言描述了。临走时，又把一些好吃的分给了老人。

晚上，在火车上。同事们聊到在村子里的所见所闻和亲戚们的热情。张青给亲戚的孩子带了书和鞋子，还有常用药。她到亲戚家时，亲戚已经准备好了拉面，说做得多让她多叫几个人来吃。库瓦尔的亲戚给她回送了一条小围巾、一些石榴;同事史芸的亲戚回赠一箱干果,包装盒非常漂亮;廖江老师的亲戚给她煮了土鸡蛋。报社的古丽夏提拿了三个大馕,晓燕给亲戚送了粉红色的围巾,吐尔尼莎给亲戚带了大披肩、巧克力,每个人都收获了满满的亲情。

回家的火车上,库瓦尔的女儿阿尔娜又拿出了妈妈做的特色小吃,在车厢里给同事和旅客分享,家风就是这样传承的。

有了亲戚不会再孤单

转眼到了4月。这两天，又踏上了看亲戚的火车。这是第三次去探望自己的农村亲戚了。很认真地做了一些走亲准备，毕竟相距千里之外，来去一趟不是那么容易，见面就得珍惜。

同事都在认真地准备礼物。下午，大家都到了乌鲁木齐站候车室，所有的人都是大包小包。最先碰到的是工人日报社的援疆干部元程，她带了一套很好的内衣，说自己都舍不得穿，要送给她的赛买提哥哥，我说我也想做你的亲戚。

走亲戚的最大好处是同事之间也走动了起来，互相帮忙提东西，在车上一起分享食品，共同度过十多个小时的欢乐车程。

天亮时到了阿图什市，村里的同事来接我们，一个多月没有见面很是亲热，甚至还有点感动。

南疆春天来得早，麦苗已泛青，柳条抽鹅黄，杏花正摇曳。

今天是星期五，是阿湖乡的巴扎日，勤快的村民在洒扫院落和门前的马路。早餐后大家结伴而行，分头去看自己的亲戚。我也跟随同事，先到离大队很近的石燕的亲戚家，见面就是拥抱，这好像已成了大家的规定动作，我知道，这都是一种真情流露。问候聊天拉家常，送上礼物说政策。同事小石除了给大人的礼物还有给孩子的益智玩具。亲戚家已经包好了苜蓿曲曲（馄饨），老妈妈执着地掀起门帘，希望我们去吃曲曲。

同事沙丽哈是哈萨克族，她的亲戚是一位老奶奶，沙丽哈说特别像自己已经故去的姥姥。她说记忆中，姥姥最亲。我给她们拍了照片，我觉得她们俩还蛮像的。同事孙勃给他亲戚的孩子准备了足球和排球，还给孩子带了注音版的儿童故事书。

到了史芸的亲戚家，史芸给亲戚送了T恤衫，给孩子带了很多玩具。主人非要让我们坐进屋里，虽然是小户人家，但屋子收拾得干净整洁。炕上早已备好了葡萄干、巴旦木、香蕉、苹果等。刚在炕上坐定，一盘手抓肉就上来了。分肉的任务交给了我，我用刀子给他们象征性切了一些肉，大家品尝了那些美味也体会到这真挚的情谊，这情谊一定会转化为与人为善的气质和行为。

因为要和自己新的亲戚见面，我回到了村委会。托格拉克村不大，200多户人家，所有的亲戚都走到了。这次新认的亲戚也都收到了一部智能手机。我的新亲戚撒吾尔·沙提瓦力地是柯尔克孜族，他是1960年国庆节那一天出生的，穿着很清亮的皮夹克，人显得非常精神。

问了一下家里的情况，他有两个孩子，家里还有两头牛、十只羊，日子过得还算不错。到他的家里，院子很是整洁，他送我两个大馕，馕应该是从冰箱里直接冻着拿出来的，推辞不得就收下了。随后我们又跟着同事一路去了其他的亲戚家。

新疆第二工人疗养院的熊院长，是一位非常干练也很会表达的女性，见了亲戚那份亲热劲，让人看了都感动。她带了一书包礼物，有吃的用的还有雪莲烟，掏空以后连新书包也送给了亲戚的孩子。亲戚向她送上了亲手绣的枕头套，还送上一盘已经煮好的土鸡蛋，熊院长立即分给了大家。

到了我的亲戚阿克木大哥家。他立即将我抱住，我将上一次见面的一张合影，特地装裱送给他，阿克木大哥高兴得合不拢嘴。我的爱人为阿克木大哥准备了一个茶杯，给他的妻子送了一双鞋子。阿克木大哥特别高兴，要给我们一行人宰羊，我相信阿克木大哥能说到做到，赶紧拦住了。我想看他家养的鹅，他说已经卖掉了，还卖了个好价钱。阿克木大哥家的院子很大，里面种有核桃树、苹果树、梨树和杏树，杏树正在开花，蜜蜂飞舞其间，一派生机。

这次元程姐姐新认的亲戚是阿克木大哥的弟弟。元程认的是老五，我们工会干部学校塔书记的新亲戚是阿克木最小的弟弟，记得机关服务中心学义主任认的也是他的弟弟，是五小队的小队长。这样加起来，一共有十几个兄弟姐妹了，我和元程姐姐、学义、塔书记间接地也都成了兄弟姐妹。

到元程姐姐的亲戚赛买提大哥家时，他蹲在门口等候这位妹妹的到来。亲戚家门口的杏花在村中开得最为热烈，门口还拴了一只非常清秀的土狗，土狗汪汪直叫，欢迎远方亲戚的到来。赛买提见了元程依然是握手、拥抱，赛买提还轻轻地亲吻了元程的手。后来我们站在一起照相，我说你亲了我姐姐的手，我亲亲你的手，赛买提也拉起我的手回亲了一下，大家哈哈大笑。

赛买提穿着旧棉袄,元程有点失落,问为什么不穿我给你的新衣服呀,他羞涩地说舍不得穿,到巴扎的时候才穿。元程给他带了一个风铃,我们一起把那个风铃挂到赛买提的院子里,风铃叮叮当当作响,悦耳动听。赛买提大哥看着风铃若有所思,元程说:"风铃响起的时候,就是我们在相互想念,不管我们在哪里。"

今天有电视台记者跟随我们采访。记者在门口和赛买提大哥说话,那只狗也凑热闹在一边吠叫。记者说你让狗不要叫,赛买提给狗说了一句,那狗果然听话,立即不叫了。

大家亲戚串亲戚后全成了亲戚。元程给赛买提说从今天开始你也有了更多的亲戚,不会再孤单了。临走时,元程避开大家又给他塞了200元钱,她告诉我是让哥哥买肉吃。

下午我的朋友占彪拉着我和元程到阿热买里村、托万买里村、阿其克村看了同事,然后留出时间去了亚力坤家。亚力坤是一个非常热情、开朗的人,家里早已摆上了水果和干果,坐定后立即端上了炒菜和米饭,我和元程不得不吃一些,因为中午才吃了抓饭。我会用维吾尔语说"肚子饱着呢"之类的话,也会说"味道非常好"这样的赞语。主人自然也就很开心了。亚力坤还赠送了我们手工织品,他们的心意我们唯有收下了。他的女儿从巴音郭楞蒙古自治州卫校毕业,儿子读九年级,爱人又生了一对双胞胎,已经两岁,家境总体还是很好的。他的女儿迪丽胡玛尔说,家里人非常高兴,爸爸说,大家现在都是一家人啦,要经常来往,如果时间充足的话,他会带我们去看看这里的景点,下次来了一定要多待几天。我们互留了电话,加了微信,以后也可以在朋友圈经常相见了。迪丽胡玛尔在微信上把我叫哥哥,这事我得纠正,我是她的叔叔。

全国总工会与新疆孩子如石榴籽一般紧紧抱在一起

　　5月22日，我们坐着火车前往阿图什市农村看望亲戚。一路上欢歌笑语，很是开心。

　　这是一次特别策划的探亲之旅。特别之处是六一儿童节要到了，单位提倡带上自家的小朋友，与村里的孩子一起过节日。还有一个特别之处是，中华民族的传统节日端午节就要到了，所以单位安排大家准备了粽子。

　　火车略有晚点。到站时看到车窗外的南疆大地笼罩在浮尘之中，太阳都无力穿透，在浮尘中若隐若现，乍明乍暗。到了村上，托格拉克村委会已经来了不少村民，确切地讲应该是亲戚，因为托格拉克村的所有村户都与总工会的干部成了亲戚。

　　我看到了同事元程的亲戚，见面时他依然绅士般地亲吻了元程姐姐的手,元程为他送上了粽子和糖果等礼物。等我在村民活动中心再次与他握手,他也拉起我的手轻轻亲了一下,那一刻我心里热乎乎的,终于和元程姐姐有同等待遇了。

上午11点活动开始了,不大的村民活动中心挤满了参加活动的亲戚,还有幼儿园的小朋友。

活动的主持人是我们的干部白地努尔,她准确地向村民说明这次活动的目的和意义,还特别介绍了端午节的来历和吃粽子的习俗。

演出开始了,欢快的乐声中,幼儿园小朋友的舞蹈赢得了掌声,更有总工会领导为孩子们送上了粽子。孩子们都是盛装出席,一位巴郎还穿着西装,打着领带,非常的可爱。

这次特别之处还有来自首都北京全国总工会的几位嘉宾,他们观看了村里孩子最质朴的表演,并为孩子们带来了80多套300多件由全国总工会女干部亲手编织的衣物。那一刻,新疆虽然距离首都北京很远,但全国总工会干部与新疆农村孩子的心如石榴籽一般紧紧抱在一起。

来自全国总工会机关的自治区总工会孟主席援疆任职马上三年了,他不仅为亲戚用心准备了礼物,还积极争取和协调一套由学苑出版社出版的儿童读物,这次学苑出版社还派了代表和孟主席一道,为孩子们赠送了这套精神大餐。这就是一位援疆干部的情怀,文化影响远胜于物质影响。物质是身外的或是进到肚子里的,唯有精神是内在的可以装在脑子里的。

这次是与亲戚的联谊会,自治区总工会几位妈妈级的美女同事跳了非常精彩的舞蹈。持续的掌声和欢呼声,是今天的另外一种伴奏和嘉许。

自治区总工会王书记为参加演出的每个孩子送上了玩具熊。他弯腰双手给孩子送上玩具的同时,轻轻地亲了孩子,画面感人而温馨,孩子们高兴地拿着玩具爱不释手。

一位村民代表慷慨激昂地发言，我听到了"好政策、共产党好"这样的词。她的声音洪亮，抑扬顿挫，或许过于紧张，她的手在不停地发抖，但是一点不妨碍她发言的效果，依旧引起共鸣，赢得掌声。

我相信这次联谊会的一个小高潮，是自治区总工会机关干部的孩子与村里的孩子互动赠送礼物。他们互相拥抱送礼物，然后一起合影留念，在孩子的眼里大家都是小朋友，这是一家人才有的感觉。

活动结束后大家去亲戚家里。我的亲戚阿克木大哥在院子里等我。人太多，阿克木大哥稍懂国家通用语言。他骑了一辆新的摩托车，我手里提着东西，车有点高，我很笨拙地跨上了摩托车，一条腿有抽筋的感觉。虽然略有浮尘，但这个季节是阿湖乡最美的季节。路边的小麦已经抽穗，马兰花的盛花期虽然已过，但还有零星一些懒散地开着花，倒也显得更加可人。路边树上的果实已经成形，庄稼地里的鸟儿在欢唱，我坐在飞奔的摩托车上有种拉风的感觉。

路上，拉着同事的"马希拉"（维吾尔语，汽车）超过我了，他们看见我坐在摩托车上招手致意，十分钟以后我就到阿克木大哥家了。看样子嫂子要出门，她穿得非常得体入时，人显得年轻漂亮。我把粽子还有奶茶、小玩具等给了大哥。嫂子要烧茶，我推辞了，大哥直接把我带到院子里，果园已经绿荫如团，马兰花整齐茂盛，院子里杏树成排。阿克木大哥走到一棵杏树跟前，举起地上的铁锹，勾了一个树枝，使劲往下拉树枝，树枝感觉都要拉断了，然后一只手拽到了树枝顶端，另外一只手就可以摘杏子了。杏子装到口袋里，阿克木大哥今天穿着西装，西装上也染上了灰尘。杏子半生不熟，我尝了一颗，酸中略带甜，便告诉大哥说阿奇克（酸）。大哥笑着说，等到6月15日摘一箱托人给你送过去，那时候就熟啦。阿克木大哥自豪地说他们家的杏树是村里品种最多、质量最好的。

然后我就去了另外一个亲戚撒吾尔家,他是村里少有的几户柯尔克孜族之一。撒吾尔的女儿古丽哈依尔早上就给我打来电话,她在家门口等我。过了一会儿,正在干农活的撒吾尔回来了。他很会聊天,一见面直接问我"全部都好吗?"我把礼物给了他,一盒粽子,给他上小学的女儿送了一本字典、一个铅笔盒以及一盒彩笔,还有我的书,报告文学《零距离》,这是给他大女儿看的,书上有很多人他们都认识。大哥高兴地说我们是真正的好朋友。他让他的老婆取来了一顶帽子和手工绣织的靠垫套子。那是一顶柯尔克孜族的帽子,质地很硬,做工考究,然后给我戴上,我和他一起合影,古丽哈依尔给我们拍了照片。我问古丽哈依尔找工作没,她说正在找工作。古丽哈依尔是初中毕业,国家通用语言还不错,这个孩子看上去老实厚道。

　　阿克木大哥又送我去村委会。此刻太阳很毒,坐着摩托车兜风并非最佳选择。路上碰见了我的同事兆玲,我就下车跟她们一起去看亲戚,同事文海和亲戚都很亲,给他们送礼物,祝福他们幸福美满。走到第二家时,阿克木大哥又来了。他来接我去吃饭,盛情难却就去了,原来他的两个弟弟合作开了一个农家乐,那个地方叫七个泉,泉水清澈,映带左右,是阿湖乡避暑的风水宝地。

　　中午吃了烤肉和凉菜,阿克木大哥的几个兄弟都在,同吃烤肉的还有我的同事志忠,他的亲戚是农家乐真正的主人。阿克木大哥喜欢抽烟喝啤酒,他当过羊场的书记,还发展了24名党员。改革后羊场没了,但阿克木大哥这个党员却保持着先进性,他自豪地说他家兄弟中有好几个是党员。喝了啤酒的阿克木大哥话也多了起来,说他自己说话算数,说了别人也会听的。他喜欢看电视剧《长征》,说:"那么多共产党员为新中国的成立献出了生命,真是令人非常感动。我们应该珍惜现在的生活,干好自己的事情,过好自己的日子,更要管好自己的家人。"他说:"总书记好,我们好。"

"感恩祖国　拥抱北京"夏令营

上午,同事们集结到了乌鲁木齐火车站,这是新建的高铁站,车站"高大上",很多人还是第一次来。我们迎接阿图什市阿湖乡农村来的孩子,在这里举办一个简短的欢送仪式。自治区总工会组织亲戚的孩子们参加"感恩祖国　拥抱北京"的夏令营活动。

我们上了站台迎接孩子们。

火车伴着悠扬的汽笛声进站,缓缓开来时看到好几节车厢上全是孩子,我们走了两节车厢,才接上我们的小亲戚。女孩子们身穿鲜亮的艾德莱丝裙子,男孩子穿着白衬衣、小红帽、红领巾,充满阳光和希望的脸上流露出幸福的笑容。他们是幸运的,不是所有的学生都有这样的机会,需要品学兼优的学生。

孩子们大都是第一次离开父母，有些紧张又充满新奇。

大亲戚们找到自己的小亲戚，大手拉小手，大家在一起合影留念。今天，我就是摄影师，为他们拍照，更多的是抓拍感人的镜头。

在乌鲁木齐站广场上，一场亲情浓厚的欢迎仪式正在上演。孩子们和亲戚互相穿插站成两排。史芸和她的"孩子"穆尼热相拥而站。

同事永亮的小亲戚带了一幅自己的图画，送给了叔叔。

仪式开始，孩子们为自治区总工会的领导戴上红领巾，"大领导"也就变成了"少先队员"。

自治区总工会王书记向孩子们走出阿湖乡，去北京参加夏令营活动表示热烈的欢迎。

这次活动重大意义不必细说，掌握关键词即可：北京之旅！向心之旅！感恩之旅！

王书记动情地说："我的孩子们，你们告别了朝夕相处的同学朋友，告别了关怀备至的家人，怀着兴奋、激动、好奇的心情而来，你们的到来将为夏令营注入新的活力与新的生机，夏令营也因为你们的加入而更加精彩……"书记叮嘱孩子们要注意交通、饮食、消防等各方面的安全，要以认真的态度参加夏令营的各项活动。

王书记在讲话中说："你们要去天安门、人民大会堂，关键是要在天安门观礼台观看升国旗，这是很高的礼遇，会增强大家的爱国主义意识和民族自豪感；你们还将参观国防大学、抗战纪念馆，接受爱国主义教育；你们还将参观圆明园、颐和园、长城、故宫、鸟巢、水立方等，感受祖国的悠久历史和现代文明，培养大家的爱国主义情怀；你们还将要参观中国科技馆，聆听老师讲课，感受科技的魅力，点亮科技梦想。"

他希望孩子们在学校是好学生，在家里做好孩子，在社会当好少年，过一个丰富多彩的、充实的、有意义的暑假。同时，他也要求带队干部做好服务工作,让今年的暑假生活留给孩子们一个美好的回忆。

王书记将一面"感恩祖国　拥抱北京"的夏令营营旗交到学生代表艾尼克木江·努尔江手中,小朋友很是大方得体,挥动营旗很有张力。14岁的艾尼克木江·努尔江激动地说:"感谢自治区总工会的'爸爸妈妈'们,为我们组织这样有意义并能够影响我们一生的活动。我们第一次离开阿湖乡,第一次坐火车,第一次到外面的世界开阔眼界感受祖国的繁荣昌盛,我们会永远把这份恩情记在心里。相信这次活动,一定会在我们幼小的心里种下一粒坚实的种子,我们一定会努力学习,立志成才,长大以后做伟大祖国的建设者和接班人。"

活动仪式上有几个特殊的妈妈,他们是在自治区总工会干部学校当服务员的阿湖乡托格拉克村10名妇女,有的孩子在这里见到了自己的妈妈,激动得流下了眼泪。

随后,孩子们一起来到乌鲁木齐万达广场参观。看到广场内商铺林立、穹顶高隆,孩子们抑制不住心中的喜悦。12岁的买买提·库尔班高兴地说:"夏令营刚开始就让我开阔了眼界,我觉得怎么也看不够,怎么也看不完,外面的世界太精彩了。"

7月14日18时,孩子们坐上Z180列车,从乌鲁木齐站出发前往首都北京,拉开了自治区总工会夏令营活动的序幕。

葡萄架下的笑声

    2017年8月9日，我们坐着火车来到阿图什看亲戚。早上起来看到博乐地震的消息，让人揪心。火车上的晃动，让我也梦见地震。因为地震，火车晚点了两个小时，到村上时已经是第二天中午12点了。

    进入阿湖乡后，一辆大巴把我的同事送到了两个村子，我们十来个人继续前行到托格拉克村。

    队长新萍和队员在院子里迎接我们，她和前来看亲戚的干部职工握手、拥抱。匆匆吃了早餐后，我们结伴而行，分头去亲戚家。

    和我们一起的是托格拉克村的妇女主任阿奇克克孜，她很热情，国家通用语言较好。第一户是张娇的亲戚亚力昆·阿不力孜家。一进院门，阿奇克克孜拖着长长的腔调喊了句"有人吗?"一会儿女主人出来,见到张娇激动地拥抱,只是没有拉手,她手上糊满了白色的东西,我以为她正在和面,进房一看一家人正在刷房子。农村盖房省事,这样的活自家人就干了,省钱。张娇给她送了一条丝巾,女主人随即给张娇送了一顶漂亮的花帽。张娇问女儿今年高考怎么样,她说正在等通知书。张娇掏出现金给她,预祝孩子能考上理想的大学。张娇问家里有没有困难,反复说有困难随时给她说。分别时执手相看,拥抱,朴实而真诚。

去宝荣的亲戚木沙江家。进院门前有一个小女孩跑过来,站住后先向我们认真地鞠躬,然后问叔叔好,很有礼貌。孩子长得朴实,晒得很黑。进门后看到一个孩子倚门而立。木沙江去干活了,小朋友就去叫爸爸了。我和宝荣钻进了他家的牛圈,里面养了好多鸽子。过了一会儿木沙江回来了,进屋后问候聊天,了解情况,送上礼物。宝荣心细,把自己的职务、联系方式贴在了亲戚的墙上,一再说有事打电话。

我们一起去了同事史芸的学生家。2014年史芸在村里时教几个孩子学国家通用语言,其中一个孩子叫穆尼热,长得非常可爱,普通话发音标准,非常流利,对大人说话时说"您"。这次史芸专门来看她,她家并不是史芸的亲戚但已经胜似亲戚了。史芸给穆尼热带了玩具,穆尼热还在惦记史芸的儿子子恒。原来她从北京回来后她们又在乌鲁木齐见面了,史芸带着儿子去宾馆看望小朋友。她要弟弟子恒的电话,要给弟弟打电话。史芸把电话号码抄给了小朋友,穆尼热说下次来的时候一定要把弟弟带上。

这两天,天气很热。这是一个收获的季节,空气中散发着农村特有的花草味道,有点蜂蜜的淡香,很是迷人,如同亲戚之间的亲情,渐入佳境。

我的亲戚阿克木大哥和嫂子见到我非常高兴。阿克木大哥让我进房子,我更喜欢在他家的葡萄树下。因为葡萄架下有床,还能坐着聊一会儿天。葡萄长得非常繁盛,珠圆玉润,阿克木大哥毫不犹豫拿起剪刀,摘了一串葡萄给我们。他是位老党员,日子过得很好,他也没有任何负担。大家和阿克木大哥在门口拍了一张照片留念,我们笑得很是开心。然后去了我的柯尔克孜族亲戚撒吾尔家,他的女儿古丽哈依尔经常给我发短信息,在信息中会关心地问:"哥,你好吗? 哥,你在干吗呢?"其实我把她的爸爸叫哥呢。我问古丽哈依尔能出去工作吧,我们单位的疗养院在招工,我可以帮忙。她妈妈说:"女儿身体不好,就不出去工作了。"农村亲戚的观念还需要转变,小伙子们在外闯荡的多些。

我们又驱车去了阿其克村。托格拉克村距离阿其克村大概不到10公里。我们先是到了秀萍的亲戚家,一位叫阿比达的女孩子在门口接我们,她的爷爷挂着拐杖也在门口陪她。这户亲戚家里人很多,孩子大大小小我没有数清。见面握手、问候聊天、洗手上炕、喝茶吃馕、赠送礼物。秀萍给孩子们带了篮球,给大人准备了清油、茯茶、冰糖。到亲戚家已经是中午两点多,正是饭点,主人很客气,切了西瓜、老汉瓜,端上了馕和酸奶。坐了一会儿,我们要走,主人说吃拉面,已经准备好了。依我的经验判断,这顿饭等到吃,至少得一个小时。我们就说先把其他的亲戚看完返回来再吃,主人很是高兴地就答应了。我们把阿比达叫上一起,她是一位正在读师范的返乡大学生,国家通用语言还不错,人长得纯朴,笑容很甜。宝荣给阿比达买了一件格子衬衫,让她试一试。孩子穿着合身的衣服,就陪我们去看其他亲戚了。

宝荣的另一个亲戚吐达洪家正在盖房,院墙很高,廊柱子多,有点像桥墩,他说这是长江大桥嘛,吐达洪学着说了一句,开心地笑了。宝荣惦记着他家的牛,去年分了头牛,看生小牛了没。吐达洪带我们到牛棚,家里有五头花牛,果真生了两头小牛犊,牛正在吃草,津津有味。

穿过村间小路到了张娇的亲戚家,小朋友热依拉和妈妈早已在门口等候。那家女主人大方得体,记性颇好,除了我,她都能叫上我们一行的名字,我们与其结下了深厚的友谊。见面都是隆重的拥抱。小女孩热依拉漂亮可爱,一笑便可倾全村。她非常爱表达,不停地说她的故事,还说她写了诗在杂志上发表了。这个孩子一直嚷着要见张娇的儿子铮铮,他们从微信视频上早已认识了,只是还没有见过面,但是孩子一直惦记着。她边说边笑,回忆起第一次在视频上和铮铮聊天的情形,她说下一次一定要把铮铮带到村上来。张娇说:"铮铮也喜欢和农村的小姐姐视频聊天。"我注意到她家的墙壁上有四面国旗,很是醒目。

所有的亲戚看完了,我们又到第一家吃了拉面。临走时,主人非常盛情,拿了3个塑料袋装了好几种馕。离开时快四点了,离返程集合只有不到一小时了。

托格拉克村刚建好了鸽子养殖场、饲料加工厂,正在修足球场,村民服务中心也拔地而起。懂财务和工程建设的同事学义、原洋除了看亲戚外,还约了专业人士,他们肩负着为这些在建工程把关的使命。

火车上,我们也陆续收到亲戚的祝福,阿比达给张娇发微信:以后我自己有一份工作就看你去,看你家宝宝……

亲戚来了

　　2019年8月,古尔邦节到了,我们单位决定接阿湖乡20多位亲戚来首府乌鲁木齐看一看。很幸运,我的柯尔克孜族亲戚撒吾尔就是其中一位,他们是坐着飞机来的,由各自的亲戚接回家里。亲戚要来家里做客,自然就得做准备,像过年一样,把家里认真打扫和彻底清理了一下,自己都感觉清爽了好多。

　　8月27日中午,我匆匆忙忙赶到工会干部学校,亲戚们在门口的树荫下站着聊天。当我正在张望的时候,撒吾尔就向我招手,并快步向前,双手就握在了一起。我说今天要到家里去,他说:"不去肚子会胀吗?"我说:"会胀呢。"然后他哈哈大笑。

　　他提了两个纸箱子,我猜想是葡萄之类。因为他的女儿古丽哈依尔头一天给我打电话说,她爸爸要到乌鲁木齐来看我,让她问我带什么东西和礼物。我考虑了一下,也不能让他们破费,就说你家院子里有葡萄吧,摘一点葡萄就可以。为了接亲戚,我找了一个朋友的车在外面等着我们,我还专门请了同事库瓦尔当我们的翻译,库瓦尔也是柯尔克孜族,是阿图什长大的。一次聊天时,她说她的爷爷还在托格拉克村待过,说不定认识呢。他俩见面一说,果然认识。我问撒吾尔的年龄,他掏出了身份证,我惊奇地看到一张精致的纸条贴在身份证背面,上面用电脑打出来的我和他的名字,那一刻,一阵暖流涌上心头。真没想到自己的名字已经到了他的"身份证"上。一路上闲聊他的家里情况,我还是很关心古丽哈依尔能否尽快就业的事,他说回去跟女儿商量一下。

撒吾尔当过羊场的职工,所以从气质上看,还是不一样的。到家里吃了些水果,我的爱人给他的媳妇准备了一点小礼物,我还把妈妈手工做的一个抽纸盒送给了他。他的女儿上过高中,国家通用语言说得不错,就送了她一幅卡纸的书法,是董必武的诗,相信孩子能够看懂。当然,撒吾尔带的不仅有葡萄,还有馕、巴旦木。阿尔娜是个爱跳舞的小家伙,她高兴地在家里跳舞。看到书法作品,我问她认识不,她就有板有眼地念起来:"亲爱的爸爸妈妈,你们好,我是你们的宝贝,我爱我的家,我爱你们,祝你们快乐地生活,祝你们身体健康,更加爱我。"

在家里坐了一会儿,然后我们去了铁路局步行街,这里是铁路局的中心花园,景色很好,我主要是想给他们拍几张照片。楼下有老蒸汽火车,经过刷漆以后老车换新颜,雄姿不减当年。撒吾尔大哥长得比较帅,照相很上相。之后,又给库瓦尔和她的女儿阿尔娜拍了些照片,步行街人很多,游人闲适,鸽子、大人、孩子和平共处,非常融洽。爱人给孩子买了玉米粒,阿尔娜是一位非常大方有礼貌的孩子,喂鸽子如同在火车上分享美食,倾其所有。鸽子也喜欢这个孩子,我随手拍下了这对母女喂鸽子的照片。

相聚很短，时间很快，又请朋友开车把我们送回工会学校。

第二天，亲戚们到国际大巴扎和会展中心参观，让他们感受城市的繁华和热闹，感受新疆的发展变化。

晚上又和亲戚们会合了。单位组织了联谊会，这个活动非常隆重，上级领导和他们的亲戚也出席了。晚上的节目是自编自导自演的，既有单位女同事优美的舞蹈，也有阿湖乡亲戚的集体合唱，还有几名少数民族歌唱家的友情演出。

我们给亲戚准备了花帽和丝巾，这些都是我们自费买的。参加联谊会的人手一面小国旗。那天晚上大家唱歌跳舞，小高潮是在歌手演唱《红旗飘飘》那首歌：五星红旗，你是我的骄傲！五星红旗，我为你自豪。两位歌手在台上唱着，所有的观众激动得站起来挥舞着国旗。几位年轻女亲戚们组团上去，为两位歌手摇旗助兴，集体歌唱。

真正的节目高潮其实是在正式的演出后出现的，一位70多岁的老人在致辞时说，在自治区总工会的关注下，托格拉克村发生了很大的变化，他们感谢自治区总工会的帮助。我的亲戚撒吾尔，自治区总工会给他发了一头牛，牛生牛已经有了五头牛。老人在慷慨激昂地讲话，大意是活了七十岁，只有共产党才对他们好。两位友情出演的歌手在台上自弹自唱，服务员亲戚们围在后面一起唱，其他情绪高涨的亲戚们挥动着国旗在台下唱，场面颇为动人。

亲戚还把在托格拉克村扶贫的两位干部索萍和苏峰专门邀请上台，围了起来，在歌声、舞蹈和掌声中表达感激之情。晚会始终不散，总是在高潮迭起中不断地进行。

我的亲戚撒吾尔反复说："总工会好，亲戚好。"他看到邻居们换上制服以后面貌一新，坚定地告诉我，要让自己的女儿古丽哈伊尔出来工作。

第二辑

八百亲戚同吃一锅团结抓饭

那天忙完稿子,站在托格拉克村的院子里,已经是满天繁星了。北斗星、仙女座是那么明亮！这是久违的农村夜空。一天的喧嚣之后,天地重归寂静,今天结亲的场景仍在脑海中浮现。

这是开展走亲戚活动以来,第七次到农村看亲戚。第一次来的时候住了一夜,其他几次都是早晨到了下午便返回。因为村里现在已经有了住宿条件,自治区总工会在阿湖乡托格拉克村建了一个农民工活动中心。早上去时,门口的水泥路还没有干,需要绕行。宿舍里提供了基本的条件,我们自带了床单和被套,三人一间,大家重新过了一次集体生活。

简单可口的早饭后各自都去了亲戚家。农村的秋天早上多少有些清冷，空气中还有一些浮尘。村民们洒扫庭院，自家门前的土路打扫得干净而又整洁。跟往常一样，我们都是结伴而行，因为有些村人家太远，来回费时，相同小队的互相约着坐上一辆车，便出发了。我的亲戚阿克木大哥推着摩托车让我坐，我犹豫了一下，还是跟着汽车走，因为我想了解同事们的亲戚情况。兼职司机是工会干部学校的雪克来提，车上挤了5人，其中还有自治区总工会纪检组长肖组长。先路过的是他的亲戚，这户亲戚是他新认的，进门后坐下来了解情况。肖组长有一句话："不上炕怎么能够叫走亲戚。"女主人丈夫已经去世了，问她有没有困难，她说，一家四口人有低保，还有牛羊，自己能做点裁缝活，总之日子也还不错。她很是乐观，这让我们听了很欣慰。肖组长给亲戚送上了由我们统一采购的月饼，因为这一次是国庆节和中秋节双节同庆。

同事国民兄弟，口才好、讲政策水平高，滔滔不绝地给亲戚讲政策，亲戚说，他珍惜现在的美好生活，感恩党、感恩政府、感恩祖国。临走时他送上了国庆节和中秋节的祝福。

肖组长的另外一个亲戚是村里的打馕能手。在家门口，亲戚的儿子正在馕坑上忙活。亲戚收拾得精神利索，家里也收拾得干净整洁。肖组长说："我亲戚说不用管他，把别的亲戚照顾好就行了"。肖组长说起他的亲戚很是自豪，主人家有炕桌儿，这在农村很少见，桌上有瓜果，其中还有土桃子，说是自家种的，和巴扎上的不一样，吃土桃子不用洗，掰开以后一吸就行。主人说要煮苜蓿曲曲（馄饨），我们客气了一下，组长说就一人吃两个吧。说话间主人端上了曲曲。是啊，绝不能辜负村民的盛情和美意，我们更倡导节约，会光盘的。

我给亲戚送了两张值得珍藏的照片，一张是在我家楼下拍的撒吾尔大哥半身照，另一张是阿克木大哥和嫂子的合影，两人笑得甜蜜幸福。在朋友圈发了"我给亲戚送月饼相片，亲戚送我自家产的石榴"，朋友们狂点赞还评论,那一刻本人仿佛是网红。在新疆,我们都是紧紧抱在一起的石榴籽。

进家门讲政策、送礼物,当然方式可以是多样的,主要还是让最基层的农民亲戚感受到党和政府的关怀和关爱。我们还有任务,邀请亲戚全家到村委会集合参加活动,我们要在村委会文化广场与亲戚同听一场宣讲,同吃一锅抓饭,同演一台节目。

单位领导讲话后,在数次热烈的掌声后,抓饭也飘香了。抓饭是由工会干部、队员、村干部、主厨村民努尔·亚森和他的几位帮厨做出来的,本身就是团结合作的成果。

抓饭飘香,笑脸盈盈。八百人同吃抓饭的场景我是头一次经历。每个人的左右两边都是自己的亲戚,大家互相盛饭,递茶,夹黄瓜小菜,格外亲切,蔚为壮观。

午饭后是文艺演出,我们单位女同事演得好,主要是舞蹈。今天的亮点是阿湖乡村民的演出,比如汗克孜,这个奇女子在我的报告文学《零距离》一书中专门写过,现在华丽转身为"乡村歌手",今天唱的是《我的中国,我赞您》,还是她自己写的歌词,一拨又一拨的掌声里可以感觉演唱的成功。返程的火车上,我向佐荷拉询问汗克孜演唱的内容,她说是歌唱祖国的,内容特别的好。史芸也说是演出中最好听的一首歌,声音柔柔的,很动听。还有歌唱爷爷的歌曲,观众感动得稀里哗啦。

这里的节目都有很强的互动性。除了小品,只要是歌唱类的,观众大概都可以参与。歌手们唱的《大中国》,台下的观众也能跟着唱几句。那一刻,各族儿女对祖国的祝福回荡在托格拉克空旷的原野上。我们的领导和干部不时被邀请起来和大家一块儿跳麦西来甫。幼儿园的小朋友也不愿闲着,上台互动。我还受到了一位女士亲戚的友好邀请,尽管我不会跳舞但还是上场摇摆了几下。有一位亲戚非常有意思,只要有音乐响起,他就去跳舞,甚至在一位女演员独舞时他也上台忘情地跳舞,我的眼里全是他印有钻石漆外套的潇洒舞姿。

节目在欢快的麦西来甫中结束了,大家意犹未尽,与亲戚依依话别,相约再见。阿克木大哥、撒吾尔大哥和他的女儿古丽哈依尔都邀请我到家里去吃晚饭,还说到家里住一晚上。我有机会真是想在亲戚家住一晚上的。

下午还有点时间,我和几位同事到了尤喀克买里村,这是我在2014年下乡的地方,在这里工作生活了一年。我们在阿不力克木老人家里坐了一会儿。老人穿着同事兴国送的衣服,很合身,他说总工会的工作人员太好了。我看到,他家墙上贴的几张照片,其中有四张是我给他拍的。干部们不仅在村民家里,还在村民心里。我们到了村委会,村上卫生室的姑娘们热情依旧。走在路上碰见了很多熟悉的人,有的骑着摩托车停下来握手;有的开着汽车专门下车打招呼;有的坐着正在聊天,也站起来和我们说话;有的是老人,有的是孩子,我们互相问候打招呼,握手乃至拥抱。

第二天一大早,我们还做了一件事情。肖组长联系了一批图书,以自治区总工会的名义捐给了托格拉克村小学,举行了一个简单的捐赠仪式,我写了捐赠仪式标语。当时风很大,师生们在飘扬的国旗下接收了捐赠的图书,希望这些图书能在孩子的心里种下文化的种子,盛开文雅的花朵,结出文明的果实。

上午临走时,古丽哈依尔和她的爸爸又提了一小箱石榴来送我,我知道这是亲戚的情谊。我们用真心去看农村亲戚,农村亲戚也用真情回报。与亲戚们的团结友爱,团结在路上,团结在眼前,团结在身边。

亲戚结婚了，我们一起嗨起来！

　　早上被做抓饭的声音吵醒了。八点半，天还没亮我就下楼去跑步。来到村上只有一天起晚了没跑，因为那天工作到凌晨四点多。

　　今天是托格拉克村的农民工活动中心第一次为村民服务。村里有一对新人要结婚。领导说："农民工之家要服务村里的农民，所以开会决定请他们到这里举办婚礼，总工会为他们免费提供场地和服务。"这个村有200来户，家家都是自治区总工会干部的亲戚。为亲戚办好婚礼是理所当然的，书记主动上门联系，村民自然特别高兴，对他们来说这是一件很有面子的事情。在反复沟通中敲定了一些婚礼流程细节，目的是让这个婚礼办得既体面又节俭，既符合当地的民俗又有新意，引领乡村新风尚。

昨天下午我看见院子里架好了一口大锅，晚上看到同事亚森打着手电联系拉电灯的事情，因为早上五点就要做抓饭。下楼跑步时抓饭已经快做好了，这次婚宴的抓饭用了四袋共80公斤大米、一桶5升清油，还宰了一只羊，足够600人用餐。

我们的早餐也是抓饭，另外备有一小碗酸奶。早上吃抓饭还是第一次，饭后去托万买里村的路上，玉山说吃了抓饭开始头晕了，我说没那么快，又不是喝酒。他说："抓饭油大，我血压高，头发少，上得快。"

作为亲戚，我们随了份子，这会让亲戚感到很有面子和开心。

今天的工作与前几日略有不同。因为是阿湖乡党委书记唐书记现场办公，是为了确认村民的需求，目的是做好群众工作，实际上通过这一段时间的摸底工作，所有的困难我们都摸清楚了。

昨天有一家人邀请我们吃午饭，我们答应了。到农民家吃一顿饭也是交流融入的一种方式。我抽空到乡上买了点茶叶和冰糖，这也是基本的礼仪。我们的到来令主人非常高兴，拉面早都准备好了，不一会儿端上了炕桌。拌面菜是羊肉、土豆、辣子、西红柿、青菜等，就是一个通俗的大杂烩拌面。主人还请了一位邻居，跟我们一起吃饭。主人还把做好的饭端给了邻居，这让我想起小的时候，自己家做了好吃的，都要互相叫一下邻居或者送过去。这种淳朴的民风，还在这里保持着。

唐书记主持开会确定助农事宜。大部分是需要煤、化肥，还有的家庭缺收苞谷、种麦子的劳力。这些全部帮助解决，煤和化肥现场通知人来领取。

晚上收工相对较早，大概不到八点开饭。晚饭后，等待一场婚礼的开始。

村民陆续来到农民工之家，孩子们最先到达。大概晚上九点半时来了几百人，大家穿着一新，都很光鲜。十点多时一大群年轻人拥簇着新娘和新郎来了，农民工之家的玻璃门差点被挤破。里面的人挡住不让进，有要红包的意思，在工作人员的疏导下，新郎和新娘在欢呼声里来到大厅。

新郎西装革履，伴郎马甲背心。音乐一起，新郎和伴郎等一起跳舞，不时还有人喷礼花，让人感到异常热闹。

婚礼正式开始，托格拉克村党支部书记讲了一番话，大意是这对新人的婚礼，感谢自治区总工会提供这么好的场所。还说，今天是年轻人的时间，要表现出托格拉克人的精神风貌。

主持人邀请书记上场。书记代表自治区总工会讲话，既有衷心的祝福，还有美好的期待，也有几个难忘的诗意抒发：难忘在秋收的日子举行婚礼，难忘在农民工之家落成之际第一个举办新式婚礼，难忘新娘在新婚之日参加资格考试，这都是你们生命中值得记忆和珍藏的。

同事张娇代表总工会干部为新人送上了祝福，还送上了贺礼。

新郎和新娘出来跳舞，跳舞过程中亲戚为他们披上了围巾，乡上两位专业的舞蹈演员来助兴，她们穿着黄色的艾德莱斯裙，舞姿优美，曼妙婀娜。

一曲现代交谊舞把自治区总工会的干部和亲戚融为一体，我也被请上去跳舞，大家沉浸在欢乐的舞曲中。

这次婚礼村里来了六七百人，我的亲戚阿克木大哥喝了酒，看到我，他非常高兴，他给我的同事说："我们是好亲戚。"我和阿克木大哥拉着手，搂着肩照相，村里的姑娘汗克孜也来凑热闹。阿克木大哥还借着酒劲亲了我一下，胡子扎得我老脸都疼。

回房间加了衣服，我站在托格拉克村民活动中心的楼顶，这是一个露台，天空繁星闪烁，楼下乐声震耳，这是托格拉克的不眠之夜。

把群众装在心里

2017年的一天，邵书记在晨会上说，自治区总工会干部和群众打成一片，用心听取农民呼声、真心解决实际困难，体现了总工会干部作风扎实。他还表扬玉山，有一个老太太的丈夫去世了，两个儿子也不在，无人去问候，玉山就把这个事情报告了他，还一直盯着这个事情抓落实。他还说："你们村干部是土生土长的干部，你把群众装在心里，群众心里才有你。"

又是星期五，是这里的巴扎日。今天想去看看拉斯尔老人，老人去逛巴扎了，在路上碰见了他的儿子，我们跟他聊了一会儿，很巧，在路上碰到了返回的拉斯尔老人，他穿着西装和浅色格子衬衣，全身上下干干净净，坐在三轮车上，显得特别精神。光线特别好，我给老人拍了一些照片，老人安详愉悦，其中几张效果特别好。

我们到乡上一家饭馆，饭馆老板曾在广东、乌鲁木齐待了20多年，是见过世面的人。他母亲让其回来陪伴自己，他就在这里开了一个拉面馆，晚上做烧烤，他还说在大连学习过做海鲜，和他沟通很轻松。

穿过巴扎时碰到了尤喀克买里村的汗克孜，她穿着红色的大衣，很是时尚，她在帮哥哥守超市呢。她要请我和索主席吃饭，我们婉言谢绝了。临走时，她走进超市装了些方便面，追了上来，我推辞不掉。索主席说："这是人家的心意，收下吧。"和汗克孜已经是很好的朋友了，和他们家感觉有点像亲戚，每次见到她的父亲，总是拉着我的手不放，真诚邀请到家里吃饭。

我和索主席走到市场内，商贩用喇叭自动播放招揽顾客，声浪起伏，我们就买了一些桃子和苹果，味道正宗香甜。

下午继续看亲戚，有户人家上午不在，原来是他老婆去乡卫生院生孩子。我们打电话后她的嫂子来了，知道生了一个男孩儿，我们表示祝贺。

路上碰到一位农妇，专门把我们请到家里喝酸奶。这是一户普通的人家，她铺了桌布，很快就上了玉米面馕和普通馕，又端来了三个大碗，里面盛了大半碗酸奶，这不是一般的酸奶，稠得无法喝，只能用勺子挖。我掰了馕，抹上酸奶吃，味道非常好，临走的时候，这个朴实的女人装了馕让我们带走，推辞不过便带了两个。正在吃酸奶时，他的儿子，一位三年级的学生放学归来，孩子叫阿不都，学习名列全班前四名。我让他写了名字，看到笔顺全是错的，我就给他专门讲了一下笔顺，顺便把一个薄皮本子送给了他，孩子非常高兴。

又去了汗克孜的同学阿不力米提家，他养了200多只羊10头牛，在阿图什开饭馆。他邀请我们去家里吃饭，我们推辞了，感谢他们的真诚淳朴好客。

7:40时，我们收工回到了村里，晚上大家集中学习。

接地气的联谊会

一大早,托格拉克村的村民代表聚集到了农民工之家。我们要在这里举行"赞歌献给党"联谊会。普通的四条腿桌椅板凳,大厅简朴的布置与农村环境融为一体。

活动在《没有共产党就没有新中国》的大合唱中开始。

今天两位主持人,一位是马莉,还有一位是阿布都克里木,他俩都是总工会机关的干部。在热烈的掌声中,博林带领我们一起朗诵了《永远跟党走》。大家声情并茂,虽说排练时间短,有一些缺憾,但可以说是饱含深情地诉说。

活动很有意思,村民积极参与,中间穿插了知识问答。村民都能够踊跃参加,答对了还有一份纪念品。主持人把目之所及的人关注得多了一些,我们旁边有一个人每道题他都举手,在我们说"这里、这里"的争取下终于给了他一个答题的机会,他高兴地得到了一份礼物。

机关的女同志们唱了一首《军港之夜》。军港的夜啊静悄悄,抒情而浪漫,似乎把见过托格拉克水库的村民带到了海边。

亲戚们为大家带来了一首乐器弹唱,现场伴奏的感觉真好,敲打乐器的一位略微年长的乐手禁不住跳起舞来。跳着跳着他单腿跪地诚心邀请大家跳舞,更多的人加入了舞蹈队伍,大家上场和亲戚们载歌载舞,顿时全场响起掌声和尖叫声,一场乐器的演奏伴唱也变成了麦西来甫的盛宴。

我们还演唱了《游击队之歌》,我们有点抢节拍了。不是我们唱得不好,而是根本没有时间去练唱。这几天走家入户,然后开会分析,能够与村民共同娱乐本身就是一种难得的休息。

还有几位民间艺人被请上舞台,伴随着乐曲,村民和干部亲戚们共同舞蹈。

联谊会不能忽略农民工活动中心的服务员,她们是这个村上的孩子,今年到我们的工会干部学校实习后在这里上岗,已经是村民眼里的"卡德尔"啦。她们整齐好看的工装足以让村里人羡慕,她们唱了一首抒情的《离别》之歌。虽然唱得一般,但我由衷地赞誉她们的大方从容,自信美丽。

一位村民说起总工会为托格拉克村做的好事如数家珍,他说自2014年以来,自治区总工会给村里修排碱渠防洪渠,建饲料加工厂、鸽子养殖基地,修文化广场。一位有心的老党员上台说出了自己和总工会的干部一起学习的感受。他说:"我非常感谢党的好政策,祝愿习近平总书记身体永远健康。我要把自己的生命贡献给党。"他真诚的话语深深感动着我。

联谊会上有一个接地气搓玉米的比赛,一年收成颗粒归仓,目前这里农民的主要农活之一就是搓玉米。第一组薛主任与三位村民同台比赛，她的速度还是蛮快的。我作为机关的代表参加了第二轮。我是第一次干这个活，压根儿不会干。凭着我平常练字的功夫还是取得了第三名的好成绩，不过为了表现我们机关干部谦逊的作风，假装成了第四名。主持人还为我发了一条毛巾纪念，当然要让给可爱而朴实的村民。

最后在《歌唱祖国》的大合唱中结束了联谊活动。在台上唱歌，看到台下挥舞着五星红旗的村民感到无比的自豪。

阿布都克里木既是主持人也是演唱的主力。在最后合唱中太卖力，结果主持时，嗓子都哑得说不出话来，我们也在掌声和尖叫声中结束了上午的活动。

下午去托万买里村的路上，沙丽哈说："听到唱《没有共产党就没有新中国》时很感动，在唱最后一首《歌唱祖国》时我感动地流下了眼泪。"我给他讲了采访艾合买提江村支书的故事，他说："干部们给我们办了很多好事，我都感动了，流眼泪了。"

下午的主要任务是慰问困难户，共分12个组。我们组索主席慰问了一户出车祸的家庭，还慰问了一户残障家庭，给他们钱时，他们非常的感动。索主席给那个出车祸的村民说要过好自己的日子，照顾好自己的老婆，教育好自己的孩子，听党话跟党走。他激动地搂了一下自己的老婆，表示严格执行。到了那户残障家庭的家门口，家里人去幼儿园接孩子了。过了一会儿他骑着摩托车来了，孩子今天更加有礼貌，穿得也很整齐，给人的感觉非常好。索主席说忘了给孩子带糖了，刚好我的包里准备了。索主席给他一把糖，孩子非常高兴。我夸那个孩子"欧马可"（维吾尔语，可爱）。

然后我们分头去看亲戚，我去了拉斯尔老人家，他不在；去了他儿子家，他依然不在。我打听了老人的土地，便坐在热孜克的摩托车上，沿着田埂到了田地里,在一个水渠里,看到两边铺满了玉米秆,往前一走,发现老人和他的儿子正在渠里掰苞谷。

我们喊了一声,老人激动地向我们招手,放下苞谷,老人站起来上渠时有点趔趄,我和热孜克拉他上来。老人说:"我特别高兴见到你们,希望天天见到你们。"老人有标志性的笑容,阳光灿烂,非常可爱,我准备把那张特别好的照片洗出来送他。

今天有风,刮走浮尘,天气晴朗,阳光灿烂,黄叶纷飞,斜阳下的金秋美丽迷人;因为有风,田间地头的杨树迎风挺立,发出如滔滔流水的声音;因为耕完地,又在盖房,到处是土,阵风卷起的尘土扑入眼帘,无法躲避,回来已经是土猴了。

赛买提亲了我的手机

2017年10月27日，碧空如洗，秋高气爽。

有一户人家大门很有特色，有一点仿故宫大门的风格。他家的房子建在台阶之上，门口有典雅的立柱。我在想，老人上下台阶不方便。这是一位退休职员，家里人在做生意，所以才会有这样气派与众不同的民宅。去的时候，家里人正在墙根下盘的锅灶上炸油饼，下面烧的是柴火。

男主人非常客气，请我们坐下，他的儿媳立即提着水壶来给我们浇水洗手，然后递上了干净的大毛巾，擦完手，我们也趁热吃了油饼。他们说麦子是自己种的，面是自己磨的，油饼是自己炸的，非常可口。所以我说这个金黄的油饼是纯天然的。这里的人普遍比较热情，他们家很快端上了葡萄，而且还端上了茶水。

我们边吃边聊，他们不时还与我探讨自己的认识。

今天依然是一个非常好的天气。天空晴朗，秋阳暖人，光线正好，我用手机给他们拍了照片。

回来的路上我想起了同事元程委托我看她的亲戚赛买提哥哥的事情。元程援疆任务结束已经回到了北京，但她还在挂念远方的亲戚。

元程是属于技术干部援疆，第一轮援疆任务结束后我们单位又请她留任一年，加起来就是三年。援疆期间我们结下了深厚的友谊，也可以说是成了亲戚，后期我叫她元程姐姐。关于元程姐姐有很多轶事，我先是在微信群里读到了元程的文章《我的亲戚》，被朴素的文字、真挚的感情所打动。

我很喜欢听她讲在海拔五六千米的昆仑雪山采访职工的故事，也喜欢听她深入罗布泊采访筑路工人迷路的经历。她是一个率真的人，每每听来，我都开怀大笑。我也经常从她的微信上看到她半夜三更发稿子。对于看亲戚这事儿，元程就更加用情用心了，这都是一名普通人难得的情怀。2016年在一次新闻媒体座谈会上，元程受邀参加。她说那次会上，听了央视、央广、中国日报等中央媒体的代表发言，可是没有人说一句工会、工人的事，当主持人最后客气地问还有谁发言时，元程抓住机会，用五分钟的时间汇报了新疆工会和《工人日报》的情况，还把我出版的《零距离》图书送给了当时的主要领导。

我们把车直接开到了元程的亲戚赛买提哥哥的家门口，他独自生活。赛买提的妹妹站在门口迎接我们，赛买提认出了我，问候时抓起我的手亲了一下。

我给他说我是受元程的委托来看他的，我把元程姐姐在书画空间首发的看亲戚的文章配图给他看，看到元程的照片，赛买提哥哥激动地拿起我的手机亲了一下，一看就是真心喜欢这个亲戚妹妹。元程给了200块钱让哥哥买肉吃。她的哥哥一直在说感谢的话。当时黄昏的斜阳正好，我给赛买提哥哥和他的妹妹拍了几张照片，又单独给赛买提哥哥拍了几张特写，他很是配合我。余晖下，照片拍得还不错，饱经风霜的脸舒展了不少，不时露出微笑。

我又看了一下他的房子，元程系的那串风铃依旧叮当作响，屋里的收音机正在播放新闻，增加了点温度，他仍走在致富的道路上。这就是总书记说的在脱贫路上一个也不能落下，一个也不能掉队的人。

我给元程打了个电话，哥哥妹妹在电话两头互相问候，这一切也让人很是感动。

一 地 鸽 毛

星期一，在村里是升国旗的日子。

今天的升国旗仪式上有村民代表发言，但他没有表现出阿湖乡农民的水平。在我的印象中，阿湖乡农民个个口才好，讲话滔滔不绝，声情并茂。今天的讲话有点磕磕巴巴。随后新任书记在会上讲了三句话，大意是不忘初心，做好工作，为老百姓服务办好事，带领大家为实现"中国梦"努力奋斗。同时也希望大家支持他，因为有大家的共同努力，才可以做好各项工作。

升旗仪式结束后便召开晨会，布置当日各项工作。安排工作时，我看见吾部长的脸色有点不对，随即发出了"啊"的叫声，同时身子慢慢倾斜，一只手有点抽搐。我们立马冲上去把吾部长扶住，大家都停止了工作。有人高呼赶紧叫村医，有人说赶紧打电话叫救护车，有的给吾部长掐人中,喂速效救心丸,有的女同志被吓哭了。

过了一会儿吾部长睁开了眼睛,说:"给我老婆打电话。"乡卫生院的救护车不在,大家决定把他送到医院去,一位同事把车子开进了村委会,我们连扶带抬把吾部长放到了车上,我和斯主席等随车去州医院。一路上,我打电话联系医院的相关事情。

到医院后,克州总工会江苏援疆的张副主席接应了我们,还有一位援疆的医院领导在这里接应,一切非常顺利,初步检查无大碍。用药后,吾部长的血压缓慢回调,我们也放心了很多。

安排好工作,已经是午饭时间。

上午肚子有点不舒服,中午还是挡不住诱人的美食。

下午,汗克孜带着哥哥的孩子来看我,还带了一箱方便面。

六点半时,阿热买里村的队员回来了,他们也带来了消息,明天可以返回乌鲁木齐了。

快八点的时候,为民说去阿热买里村拔鸽毛,我跟他们上了车。路上才知道我要买鸽子,其他人跟着也要买,大概100多只,农民拔毛拔不过来,提出每只需要三元钱的加工费,为民兄认为拔毛是小事,做主便"一毛不拔",说我们自己拔。快到村委会时还约了艾米拉古丽一起,直接去村干部或农民家。谁知道去了连鸽子的影子都没有,眼看就是吃饭的时间,我们又返回到了托格拉克村。为民兄不吃晚饭,在阿热买里村等鸽子。

利用20多分钟的时间赶紧收拾了一下行李。

晚饭是汤饭,还有中午剩的羊肉和汤。正在吃饭时,为民兄打电话催促来拔鸽子毛。

天已黑,饭后立即出发。同事潮新还顺道看望了他的亲戚,带去了一桶油,亲戚也送了石榴和苹果,这个要解读一下,寓意很深啊:苹果代表平安,石榴代表团结,代表我们和亲戚平平安安,如石榴籽般团结。路上又接到为民兄催拔毛的电话。

只见鸽子装在三个袋子里。为民说，抓鸽子的小伙子说，太阳亮的时候，鸽子天上飞着呢，太阳灭了嘛，鸽子回家了，回家了才能抓住。回家的鸽子也有早晚，所以一会儿提了一袋子，一会儿又提了一袋子，一共提了三袋子。

赛买提从家里拿了一个大铝锅，在村委会院子的炉子上烧水，这是冬天大家围着炉子取暖的热源。我们开始去收拾鸽子。过了一会儿水开了，又找了几个桶和盆子，随即烫了毛。在热气腾腾的鸽毛味道中我们开始拔毛。由于烫得不到位，拔毛并不顺利。

11月的南疆，天气已凉，晚上更冷。我们围着炉子说说笑笑，抱怨着鸽毛难拔。同事原洋自己念叨"我是勺子吗？放着电视不去看，跑到这里来拔毛，早知如此送我也不要啦"。干了一会儿，我也觉得透心冷，忽然想起门口的马甲，穿上以后既可以前挡羽毛后护腰背。冯挺用力过猛，拔出的毛水溅到了原洋的脸上，大家都说轻一点，在半昏半暗的灯光下，大家说笑干活。马颖则专心地开腹，不时还说这个鸽子有蛋，这只鸽子大了，那只鸽子小了，我们表扬他有工匠精神。

还是村里面的人会干活，尤其是赛买提，他拔毛非常麻利。我们在笑声中干完了这件事，大家说以后再也不会这样去买鸽子了，即使再便宜也不会买了。

拔完毛，我看了一下阿热买里村灯火通明的会议室，10多名干部正在工作。路上听说村干部古丽迪亚也晕倒了，与吾部长大概也就隔了半小时。薛主任说："自己的亲戚要去看病，我就快速地去陪人家看病。我也看到古兰拜尔面色憔悴，她的亲戚有病住院，她便是24小时不离不弃陪护，关键那个病房全是男的，让她连个站的地方都没有。"

今天的消息，如同今夜的一地鸽毛。

一真遮百丑

连续三天在评审自治区教育科技系统工会"讲好身边的故事"大赛。

评委有新疆艺术学院教授姬彬、新疆电视台资深主播于洁丽、新疆人民广播电台资深主播李亚萍、作家作曲家孟蒙、国家一级演员郭青山,他们都是业内的专家。开玩笑说几个人同时出现在一个活动现场实属罕见,这也说明这个群众性活动得到大咖的支持和点评,瞬间感觉提升了专业层级。

参赛的水平总体还比较好,基层演员带来了真实动人的故事。

讲真实的故事是最好的宣传。宣传的最高境界是听完了故事,就感受到故事中所蕴含的道理。初赛第一天有一个总体感觉,选手讲完故事以后总要生硬地添上几句甚至一段口号性的语言,得出一个"高大上"的结论。我觉得故事本身传递着暖暖的情谊,释放着满满的正能量,那些口号式大道理在此处绝对是画蛇添足。

随风潜入夜,润物细无声。把道理变成故事才是本事,口号可入耳,故事才走心。

有的节目排练得非常用心,给我印象最深的是乌鲁木齐市第二中学的音乐剧,剧情含蓄内蕴,却能扣人心弦,尤其是现场演奏的音乐直抵心底。

一位小伙子操着川音讲述《川娃子和巴郎子》的支教故事。他以亲身经历和朴实生动的讲述让我们陪他欢笑为他落泪。在吉木乃县环境艰苦的地方,面对一个个的牧民孩子,他制作PPT教学,长途跋涉只为家访一户户牧民。支教结束他赢得家长和孩子们的百般挽留,他本可以回老家就业,但他选择了继续留疆任教。当其他省市的同学问他为何如此选择时,他也有一句朴素而又豪迈的语言,他让同学去看一看一批又一批的援疆干部,他要"继先辈之宏志,开新疆之华章"。

连续三天的评审并非轻松,时刻被故事感动着。评委们很认真地记录自己的感受,要指出作品的精彩所在,瑕疵在哪,乃至演员的一些细微表现都要记录下来给他们反馈,以专业的水平为业余的选手提出改进建议。

"一真遮百丑,半假惹千烦。"这是孟蒙老师点评的经典语言。

真者,故事要真实,感情是真情,有此二真,评委也不嫌时间长故事长了。

和这几位大咖评委在一起很是快乐,郭青山老师打蚊子的故事,孟蒙老师的袍子都将是美好的记忆。

我们要感谢新疆农业大学提供了环境良好的比赛场地。

第三辑

碰头会上故事多

2017年12月14日上午,我们三个组的亲戚集中到了宗明的亲戚家,大家挤在热热的大炕上,谈天说地展望未来。

下午,16个组的组长聚到一起了解情况。听了大家的情况,共性是亲戚们都很热情,同事和亲戚们一起做饭,大家用不同的方式宣讲党的惠民政策,还有各种各样互动,诸如喂牛喂羊打扫院落等。

新疆工人疗养院的陈院长讲了他的亲戚的故事。一个放羊娃借助好政策,在兄弟姐妹的帮助下开了一家五金店,过上了好日子。昨天晚上,亲戚和他们聊天到12点半,还拉着陈院长的手亲了一下。亲戚的思想认识高度不比我们干部的低,他说箱子里的梨有一个烂了,如果不及时处理,整个箱子的梨都会烂掉。他的亲戚说要用党给的好政策,多学习多挣钱把日子过得更好、更有尊严。

为民认真讲了亲戚的故事,他还编了一套肢体语言可以顺利沟通,为民及时发现了这家人的困难,并且很好地进行了化解。亲戚家有电视但是没有联网,看不了节目。在为民的协调下,只要亲戚带着身份证去办理开通就可以了。他还了解到女亲戚有在活动中心当服务员的意愿,协调结果是如果缺人时第一时间考虑。为民讲得眉飞色舞,就是没有讲擦汗的故事。为民上午围着火炉切菜做饭,大汗直流,张青姐开玩笑说不能让汗流在菜里。这个农村最干净讲究的女亲戚看在眼里,就拿纸擦掉了为民兄脸上的汗。我们期待他演示那套自编肢体语言沟通操。

杜忠给亲戚帮忙喂鸽子,高欣还当起了牧羊女,跟着亲戚去山下放羊。写完这句,想起王洛宾的歌,我愿做一只小羊。他们组有语言优势,在做饭时聊天时潜移默化地说着党的好政策。

工会干部学校疆辉的亲戚是一位72岁的老太太,患有严重的风湿病,有个48岁的儿子,儿子一只眼失明还有一只是青光眼。老太太的心愿是请亲戚们能给这个离了婚的儿子找一个媳妇儿。大家帮老人把水缸灌满了,几个人又打扫了院子,把院子里散堆的玉米装了10多袋放到了储藏室。

我们的带队领导肖组长讲他亲戚的情况,肖组长亲戚家的情况较好。他的亲戚年收入至少在30万元以上,是一个非常勤劳会干事的人。专门为亲戚宰了只羊,晚上要煮肉被大家拦住了。组长笑着就说:“亲戚家里还有热水器,可以洗澡。”肖组长又说亲戚家里什么活都不让他们干,连桌布上掉下的碎屑都不让他们收拾。我们说:“再不要气我们了。”大家都是开玩笑,农民都过上这样的好日子我们才高兴呢。

这都是开会分享,满满的正能量。我只管大胆写来,将走亲戚温暖的故事呈现给大家。

　　七点多开完会走在村间小道上，虽然有云，天依然亮着。这里与乌鲁木齐约有40分钟的时差。到了海热拉家，又开始准备晚饭。今晚是揪片子，阿依尼莎汗主做，古海尔姐姐帮忙。我和宝荣与前来串门的海热拉的妹妹海日古丽聊天，我们沟通无障碍，她说总工会为改变托格拉克村做了很多工作，农民很满意也很感谢。她能说出我们所做的大部分工作，因为我一直在总工会的综合部门工作，她不知道的我给她补充。从"苏峰牛"到"索萍鸡"到"郑鸽子"，从防洪渠到排碱渠到文化广场，从幼儿园到饲料厂，她说村里变化太大了。这是个健谈的女人，话题不断。

　　阿依尼莎汗的汤揪片是我在村里吃过最香的饭，我说你要在乌鲁木齐开这样的饭馆天天会有人排队吃，她开玩笑说让我找个地方她去开店。边吃边聊天，我夹杂着维吾尔语，聊得很是开心。中间又去看海热拉喂牛羊，7岁的小家伙给我打灯带路，我抱着他去了羊圈，回来继续聊。古海尔姐姐帮忙翻译，那两口子是忠实听众，偶尔提问插话。已经是熟亲戚了，在炕上也可东倒西歪不必拘束了。

老党员说了三个"好"

今天停了一天电。

上午,到亲戚海热拉家去看了牛羊大圈。这是一座立体化养殖棚圈,头顶上有栏杆和筐子,横杆上公鸡不停地引吭高歌刷存在感,鸽子也在扑腾扑腾飞来飞去玩杂技。我还发现这里头有很多蹭食的麻雀,它们真是找到了好地方可以坐享其成。我昨天晚上去过棚圈,基本能适应这里浓浓地发酵了的乡土味道。

海热拉把奶牛拴好给小牛喂奶,这头小牛犊出生四个多月,小牛犊吃的是正餐,所以牛娃优先。小牛吃饱后,海热拉提着塑料桶挤奶,压力很大牛奶呲进了水桶里。挤了一小会儿,奶牛有点不愿意了,海热拉轻轻拍打奶牛。奶牛不到几分钟又有点烦躁,海热拉安抚时还说了几句话,牛又安静下来。他往手上蘸了点牛奶继续挤,没几下牛怎么也不肯让挤了,用后脚踢,海热拉说了几句话,又踢了牛两脚。那头牛显然生气了,牛脾气上来怎么哄也不行,海热拉只好作罢。

我们开始喂羊,从饲料房里装了6筐草料,抖落到食槽中,又装了4筐油料撒在草料上,羊们争先恐后地去吃。早餐后古海尔、宝荣我们又去给牛羊喂水。

下雪了,干部们在微信群里发扫雪的场景。下午看到还有和孩子们一起堆雪人、打雪仗、玩滑雪。

到了星期五的巴扎日。一些同事和亲戚坐着摩的去逛巴扎,武钧他们给亲戚的两个孩子买了滑雪服和一个星期的菜、肉……

中午我们四家亲戚聚在一起吃饭聊天。武钧买了只羊,请亲戚们吃抓饭、烤肉、清炖肉。聚在一起绝不是为了吃饭、聊天,用这种方式更容易沟通。村民对党的好政策赞不绝口,感恩的话说了好几盘,或者在各自的脑子里勾画了乡村振兴的蓝图。

要转场了,去另一个亲戚家。和亲戚合影留念,依依不舍。他们说,你们到其他亲戚家看看,还要再来看我们。一些同事的亲戚还跑到下一户去看看。

下午我们到了宝荣的亲戚木沙江家。下午两个上学的孩子放学回家,家里顿时热闹起来。我们问了孩子学习的情况,孩子说在学校吃的比家里吃的还好。一个多月之前和宝荣来过他们家,印象深刻的是木沙江的眉毛非常浓,木沙江说那是小时候妈妈把乌斯曼(一种具有生眉功效的草药)擦多了。

同事杜忠的亲戚条件很好,有独立的卫生间和热水器。我们为农民有更舒适的生活感到高兴。陈副院长亲戚有点"小意见",亲戚说现在幼儿园、中小学生都在学国家通用语言,我们40多岁了,因为国家通用语言说得不好，就只能在乡里做生意，以后我们要多学习国家通用语言，你们要给我们这样年龄的人多教教。大家纷纷说帮助亲戚办营业执照、协调帮助办理其他手续等。这些问题一些是手续不全，还有一些是对政策不了解，经过了解和协调给他们都解决了，亲戚们非常开心。小顾亲戚的医疗费就是乡党委书记亲自协调的，减轻了他们很多负担。

77岁的老党员说三个好："党和政府的政策好、干部们好、一家亲好。"接着又说，还是政府好，把干部派下来了解灾情，给我们发补助，共产党真正的好。

工会干部学校的老师们也没闲着。他们不仅辅导孩子们的功课，还教女亲戚学习国家通用语言，女亲戚说我是家里说国家通用语言最差的，我可不能落到他们后面。援疆干部王副校长和阿丽娅一起查看肉孜买买提的荒地，憧憬着未来。

结识新亲戚不忘老亲戚。晚上我去65岁的老亲戚阿克木大哥家，他高兴地搂住我的脖子，把我们请到炕上，摆上馕和茶水、自家种的苹果和核桃，他老婆拿出一条羊腿要给我们炖肉，我们说吃过饭了。阿克木大哥从高高的窗台上拿下了一张刊登总书记讲话的报纸，说习近平总书记讲得太好啦，我一直在学习。

亲戚来了，"鸡都高兴死了"

瑞雪兆丰年！

一天一夜的雪把托格拉克村装扮得十分美丽。亲戚们一起扫雪，扫完自家的院子，就扫门前的小路，临近公路的人家，大概以自家院子地基的范围为准还要扫一段公路。如果是夏天，一定还会洒水的。

这两天工作群里除了发扫雪图片，还发各种菜品图片，农村亲戚吃上了城里亲戚炒的菜。带队领导肖组长在亲戚家包饺子，没有擀面杖，他们找了一节PVC管，大家和亲戚们一起包饺子，其乐融融。妍琴和张娇在家里平常是不做饭的，好在饺子她俩倒是会包，和面剁馅擀皮，给亲戚示范，她们包的不是饺子是情谊。

我们看亲戚的微信群里传来了很多有意思的事情。

张梅的亲戚是一个打馕师,很是用心,送了张梅两个热馕,上面写着她的名字。此馕,只能珍藏在记忆里,不可以吃到肚里去。

我们晚上就约好了第二天一早去阿图什市为孩子们买衣服。第二天,下雪路非常滑,我们缓慢地驶到了阿图什。在一家服装店,宝荣和孩子的妈妈一起选衣服,古海尔也给亲戚孩子买羽绒服,我也为亲戚的孩子买了礼物。这个老板还蛮热情,4件羽绒服加一双鞋子最后全部打了八五折,宝荣花了近千元。

由于路滑,我到柯尔克孜族亲戚家吃饭晚了近1小时,一落座亲戚就用精致的果盘端上水果,他们做好了可口的拉面,吃饭时我给孩子送了一个书包和一条围巾。吃完饭我们鼓励大女儿古丽哈伊尔出去工作,并给她的妈妈做工作,让她支持女儿去外面开阔眼界。女儿欣然同意,她的妈妈也基本松口了。下午见到陈副院长时说了古丽哈伊尔想就业的事,他说一定会支持。

回到木沙江家,孩子们穿上了新衣服乐得合不拢嘴,木沙江说孩子长这么大,他没有给他们买过这么好的衣服,有点愧疚呢。我给木沙江儿子买的玩具装好电池,他们开心地玩。木沙江非常感动,要给我们宰羊。我们拦住他,但不知道什么时候,他在另外一个房间里炖了一只鸡端了上来,我们说:"这怎么行哪,那得给你钱。"木沙江说:"这只鸡嘛听说亲戚来了就高兴死啦,我就给你们煮了吃。"木沙江说:"给宝荣带五只鸡回去。"宝荣说:"不要。"

肖组长说,这里条件好一些的人家都会摆炕桌。他决定给自己的亲戚定制一个大炕桌,这是两全其美的事,木匠还能增加收入。说实话,我们每天要盘坐在炕上,对于没有坐功的人来说非常难受,或坐或跪或斜躺总之有点不成体统,有张桌子就会好些。

"亲"到下一代

早上到木沙江家吃早餐,他打来了新鲜牛奶,吃完早餐,收拾东西,我们就要转到另一个亲戚家。

木沙江一家人穿着单薄和我们挥手告别的情景让我们难以忘怀。

有几户亲戚商量着如何改建厕所,也有的亲戚因为家有结核病人而调整方案。碰头会上以前在卫生系统工作过的肖组长还专门为大家普及了结核病的防治知识,让我们做好宣传工作。

古海尔的亲戚是享受了富民安居政策,房子盖得很漂亮。家有水冲厕所,是立式马桶,有淋浴还有浴霸,别的亲戚的炉子烧得好,这家安装的是暖气。亲戚年龄比我大两岁,孩子5个,一个已经工作,两个正在上大学,还有两个读小学。他是乡上著名的打馕师傅,馕打得好,家管得好,孩子教育得好。

周六、周日住校的初高中生回来,他们现在基本能承担翻译,也是直接享受党的惠民政策的群体,上学不要钱,课本全免费,生活有补贴,他们的语言和行为也能影响到父母。

这两天工会干部就是辅导孩子作业,纠正国家通用语言发音,一起背诵古文。马颖和七年级的孩子一起学习《观沧海》,北平给孩子们讲《昆虫记》,一起探索萤火虫,秀萍听孩子讲看图故事,他们还为孩子辅导作文,纠正语句。工会干部学校晓霞老师走的时候孩子们含着泪叫着"薛妈妈不要走。"

我们到新的亲戚家后,古海尔给孩子检查作业,我给艾斯玛听写生字,看他写字的笔画。孩子的心愿是考上清华大学,我说要考上清华,你必须把课文要背下来,要吃透。我们一起畅想了一下2020年她在石河子读初中,七年后读高中,十年后就会实现清华梦。

乡村不大,亲戚都是套着亲戚。马颖的亲戚和艾则孜的亲戚是母女关系,大家都是亲上加亲,一起聆听艾则孜讲党的好政策。我们组古海尔把党的政策有关涉农的部分读给亲戚听,亲戚听得很认真。

我们是永远的兄弟姐妹

　　2017年12月21日,今天的札记先得插播一条重要内容。自治区总工会党组书记王书记到他的亲戚家。亲戚早早地就烧红了炉子,我们到时正在家做准备。王书记亲戚家院子简单,房子干净。王书记和他的这个兄弟见面握手拥抱,王书记准备的礼物除了特色糕点、巧克力,重点是给上小学的祖拜旦送了视频学习机。书记说自己的家人在用这个学习机,觉得很好,也就买了一个,里面下载了辅导课程、歌曲、电影。书记提前充好了电,祖拜旦摆弄了一下就看上国家通用语言基础教学视频了,孩子喜笑颜开。

　　亲戚穿着王书记送的羽绒服,他在王书记协调下就业了,当了一名保安,他爱人成了一名服务员。亲戚由衷地说:"我们对你的感情也特别深。"

王书记对亲戚说："你家现在养牛养羊,也有固定的收入,但还不是很富裕,我还是希望你们能够掌握一项固定的技能,争取明年把新房子盖上,把两个孩子培养好,把妈妈照顾好。"

早上古海尔的亲戚西热甫准备了馕和茶,他说很抱歉没有买上牛奶。过了一会儿又端上了两个大的肉馕。那是用平锅煎出来的,造型好看,非常诱人,我吃了一块。海尔说："亲戚昨天晚上听到你咳嗽了,说这是专门为你做的,吃了好得快。"听了这话真的非常感动,就又吃了一块。

周一早晨,托格拉克村开始升国旗唱国歌,村书记和队长部署了一周工作。

肖组长定做的炕桌做好了,我们一同送到了他的亲戚家,以后孩子写作业也有桌子了。肖组长为这个亲戚的致富也费了很多心思,专门给她联系织土布的技能班,再三询问参加学习没有,亲戚说已经学了三次,肖组长让她坚持学好这门手艺,到时每个月足不出户就能增加一千多元的收入。随后我们又到史芸的亲戚家。她亲戚家的牛流鼻涕咳嗽,史芸联系懂畜牧的同学,找了这边的兽医专家来看病。这个勤劳善良的人每天7点多起床,喂牛喂羊,然后到阿图什市干木工活,他的实木雕花手艺很好。

回到了学校,拔河的队伍已经到位。在宝荣的主持下,拔河比赛开展得热热闹闹。亲戚们和工会干部合力赢了的一方先奖10瓶洗洁精,输了的在吃完抓饭后也领到了洗洁精,大家皆大欢喜。

回到了亲戚家,我们坐在炕上犯困。亲戚立即递过来两条毛毯,我们也不客气,盖着毛毯躺了一会儿。古海尔和海热古丽去准备饺子馅,上午便说好了要包饺子,古海尔买了肉。古海尔非常有心,还请了我的亲戚阿依尼沙汗来学包饺子。6点我们开始包饺子了。大家围坐在炕上,或跪立或盘坐,说说笑笑,心情很愉快。人多力量大,我做面剂子,切匀按扁,这都是基础工作,就是特别粗的擀面杖有点用着不习惯。海日古丽给我们作了示范,我偶尔擀一些,艳霞擀得更多,古海尔、哈斯叶提和亲戚主包。

亲戚铺好了非常漂亮的餐布,郑重地摆了馕、水果、干果、手抓肉、大盘鸡、饺子,我们边吃边聊,说说笑笑。我们来的第一天在亲戚家吃了面条,明天就要告别,又吃了送行的饺子。小学生艾斯玛说饺子好吃,她还悄悄告诉我,今天真的背了一篇课文。这让我听了非常欣慰。

在村里已经待了六天,见了所有的亲戚,与亲戚的亲戚也成了亲戚,建立了深厚的友情。离别的时间近了,有点依依不舍。

中午吃完拉面后,热西甫借了三轮车送我们到了集合点,他要送我们,在我和古海尔的再三坚持下他先回了。很多亲戚和我们话别,直到大巴开了还在挥手告别。

在返回的火车上,很多同事接到了亲戚的微信。同事文闻的亲戚努尔江·肉孜很有代表性,他用维吾尔语写到"谢谢您来看我们,没有招待好,请您不要生气,有事耽误了没有给您送行,请原谅。我们是永远的兄弟姐妹,向您的家人问好!"

再见了乡亲们!再见了兄弟姐妹!你们为城里的亲戚准备了很多,这会温暖一个冬天乃至一生。

我们在村里过大年

今天是2018年2月18日，这是一个团圆的日子。我们告别家人，来到了阿湖乡托格拉克村，与这里的亲戚团聚。

除夕夜一场风吹散了这里的浮尘。狗年第一天是一个难得的好天气，天空碧蓝，阳光刺眼。街头悬挂的红灯笼，村委会飘扬的五星红旗，家家户户新贴的春联非常的醒目。"愿借天风吹得远，家家门巷尽成春。"一切都在改变。

我坐火车早上提前到的阿图什，同事宗明早上把我接到了阿热买里村，村里装扮一新，喜气洋洋。我观看了村上"感党恩 迎新年 一家亲"联谊会。主持人是新疆艺术学院的在校大学生，群众演员大部分是回乡的大学生和在校的中小学生。节目很丰富，有整齐的大合唱，有热情激扬的维吾尔族舞蹈，也有节奏轻快的哈萨克族舞蹈。

孩子们的大合唱《没有共产党就没有新中国》还分了声部。一位质朴漂亮的九年级女孩跳舞，一位老人伴舞。台下的掌声和欢呼声让这个别样的春节变得热闹非凡。观看节目的同时，大家吃着大锅抓饭，还有村民们包的饺子。抓饭和饺子是一对黄金搭档。饺子，把所有的内容包了起来，含蓄而又丰富；抓饭则略显得张扬，展示金玉满堂。

这是在阿湖乡上演的新春序曲，我们自治区总工会第一批干部到托格拉克村见到亲戚的热情场面。

下午，在托格拉克文化广场上，能歌善舞的小伙子姑娘们扭起了秧歌。

五点半时，一辆大巴车缓缓停下来，城里的亲戚下车，农村亲戚们鼓掌欢迎，小伙姑娘们扭起秧歌，亲戚们都情不自禁地扭起来。过了年了，亲戚掏出红包递给孩子们，孩子们乐得合不拢嘴。秧歌队走上红色主调的舞台上，在大红灯笼下秧歌扭起来，亲戚们舞动红绸子一起跳起来，这是一个欢腾的世界。过了一会儿，秧歌切换成了麦西来甫，亲戚们手拉着手，围着广场转起来。

我的柯尔克孜族亲戚沙吾尔哥哥见着我就让我一定到家里去看看，他的两个女儿也一直劝我去家里。艾斯玛的爸爸也叫我去，那时候想要是有分身术就好了。王书记来到亲戚艾尼玉素甫家中，一起挂了灯笼，贴上春联和窗花。

晚饭后我们分头到各自的亲戚家里。路过时碰见了自治区总工会郑副主席去给他的亲戚送礼物。这是一位老妈妈，拉着郑副主席的手不放，两人拉起家常。郑主席给她送上了礼物，她让儿媳接下。我们又去了这个老妈妈的儿子家，她的儿子非常能干，是养鸽子的能手。

我和阿孜古丽到我们的财务部张部长的亲戚家。这是一个五口之家，女儿沙依达正在上八年级，儿子木合甫里上五年级，孩子特别调皮。

另外还有一个三岁的小朋友。张部长给木合甫里送了一个排球,给沙依达送了衣服,还有他的女儿带给远方妹妹的书。我给孩子们准备了小红包,三岁的小孩子对红包没有感觉,拿上以后就给了哥哥只顾去玩排球了。

晚上,和亲戚一起闲聊,沙依达也在,很多话题也是围绕她来的。张部长说:"我女儿今年上大学,我压力就小了,以后可以多操心你们,你们也是我的孩子。"木合塔尔说:"我的孩子都是你的孩子。"阿孜古丽说:"你现在太好了,有儿子和姑娘了,你现在是百分之百的男人。"张部长给沙依达压岁钱,让她买书和文具。他鼓励她好好学习,将来考上有关省市新疆高中班和大学,有了困难尽管给他说,他会尽全力帮助的。张部长说:"我的这个亲戚太好啦,沙依达非常懂事,每个周五给我打个电话,让我感觉到心里暖暖的热热的。"

大年初二，我们和亲戚在一起！

从亲戚撒吾尔大哥家吃了晚饭，告辞时天色尚亮。走在托格拉克村主路上，一弯新月挂在天边，正月初二就基本过去了。

早上在张部长亲戚木合塔尔家吃了早餐，木合塔尔的爱人和我的亲戚萨吾尔的爱人是姐妹，这下我们也都是亲戚了。早晨端上来的是营养丰富的肉稀饭，主人还盛了一盘肉。吃完早餐，我们该"转场"了。在门口拍了一张照片，背景是木合塔尔年前参加自治区总工会组织的亲戚去乌鲁木齐时赠送的春联，那是中国书法家协会主席苏士澍先生的作品，木合塔尔贴到了自家的门上。

到了学校，学校中心代我们置办了菜，让我们带到各自的亲戚家。兵发主任给亲戚送上了米和油，又给亲戚的小孙女压岁钱，小女孩顾不上言谢，忙着在看电视呢。

塔依尔书记又把我们送到了一小队，把行李放到了亲戚家，然后到我的亲戚海热拉家，他女儿迪丽胡玛尔在门口等我，和海热拉打了招呼，他正在牛圈忙着，他女儿说一头牛病了，找人正在给牛看病。随后我们又坐车返回到五小队，分别把菜送到了各自的亲戚家，约好了去吃饭的时间。

在财务部张部长的另一户亲戚家，赠送了礼物，互致了春节祝福，我们上炕坐下来，这家是柯尔克孜族，盖了一院的房子，院内有雕梁画栋，几个子女一人一大间，这在农村比较少见。一般都分家单独立户了，很少集中在一起。老太太家人丁兴旺，子孙满堂。亲戚很是客气，既上茶，又端上了无花果酱。他家的馕清香可口，蘸着无花果酱非常好吃。过了一会儿，儿媳端上了三小碗石榴汁，有点酸。她家的儿媳在学校上班，张部长取菜时她就问："你是要去我婆婆家吧。"聊了一会儿我们就走了。一出大门，墙根下有只小羊羔正在晒太阳，非常可爱。主人说"小羊羔半个多月了"。它们都很懒散，有的站着，有的躺着。见人来，有些胆大的小羊羔像小狗一样来缠人，我抚摸着一只小羊羔，小家伙毫不客气认真地吮吸我的小拇指头。羊羔有100多只，大部分是多胞胎，我也是第一次见到这么多的羊羔。

我们到了撒吾尔哥哥家，给他带了一个收音机。中午阳光非常灿烂，我们在屋里坐了几分钟，就跑到院子里晒太阳。嫂子和邻居正在包馄饨，古丽哈依尔在厨房里炒大盘鸡，张部长给古丽哈依尔做技术指导。喝茶聊天说政策时还吃了纯正的酸奶。我看了下他家的牛羊圈，有三头牛，还有两头小牛，家里还有20多只羊，饲料充足，亲戚正走在致富奔小康的路上。

中午吃完饭已是3点多，实在是太困了。昨晚睡得不好，前半夜太热，后半夜太凉，感觉在半梦半醒之间。撒吾尔哥哥家人热情挽留，我顺势说那我们中午在这里睡一觉吧。古丽哈依尔取来了毛毯,盖着暖融融的。

下午我们又从五小队走到二小队亲戚家。主人是一位老党员,知道我们要来了,上午就灌米肠子面肺子。到了亲戚家水果和馕都是标配,泡了茶,接着上了一盘面肺子和米肠子。面肺子和米肠子味道纯正,是我吃过的最香的。

返回撒吾尔哥哥家吃晚饭。出门后看见对面的公路上一辆"电动小宝马"驶过,我一挥手,车远远地停了下来。地罕大哥派他的孙子库尔班江过去传话。孙子跑得急,栽了一个跟头,小伙子爬起来立马又跑。电动车掉过头拉着库尔班江来接我们。车一停,地罕大哥给了车主十块钱。我说:"自己来。"地罕大哥说:"我们是亲戚,到了乌鲁木齐你们来掏钱,在这儿我们付钱。"古丽哈依尔做的汤饭也出锅了。里面有不少小肉疙瘩,还拌两个凉菜。吃完饭撒吾尔哥哥给女儿使了个眼色,古丽哈依尔从窗帘后拿出了一瓶白酒和一瓶饮料。我们说:"有纪律,不能喝酒。"撒吾尔哥哥劝了一会儿,他有点失落,我们说:"下次来,住到你们家再喝",他才高兴了。嫂子说,过节了,给我打馕买衬衣,还坚持要看我衬衣尺码,我推让了许久。

告辞时天还亮着,走着走着就黑了。快到村委会时,透过小树林看到文化广场上的红灯笼,这可能是村上最迷人的地方。到地罕大哥家时炉火烧得通红,温度正好。孙子孙女围坐在旁边,让人看了很是幸福。地罕大哥曾是羊场的干部,会说一些国家通用语言,基本的交流还可以。他拿出了一本解读党的十九大的书,他说有四本这样的书,党的十六大、十七大、十八大、十九大的解读本,现在都有珍藏的价值了。地罕大哥的孙子库尔班江不甘寂寞,夺过爷爷手中的解读本,磕磕巴巴地念了起来。地罕大哥年前参加了总工会组织的走亲之旅,他滔滔不绝地说着那次感受。

托格拉克村所有的村民和总工会的干部职工是亲戚了,这是我们的亲戚村。大年初二,大部分同事在各自的亲戚家包饺子,给孩子们的礼物除了糖果还有红包。

我陪小亲戚读诗练字

正月初四星期一，是升国旗的日子。我们和所有的亲戚聚到了托格拉克村委会，10点半正式升国旗。结束后，村支书安排了一位家属发言，是一位参加了自治区总工会组织的乌鲁木齐之旅的老阿姨谈了感受。她说："乌鲁木齐是这辈子走得最远的城市，原来连喀什都没有去过，第一次出远门就坐了飞机，非常感谢总工会。"

下午我们搞了一个联欢会。与亲戚们到服务中心一起包饺子，吃团圆饭，共度新春佳节。大家又观看了返乡大学生表演的扭秧歌和麦西来甫。麦西来甫不分男女，不分民族，不分老少，音乐响起，只要想参与的都可以陶醉其中，当然少不了自治区总工会领导与亲戚们的身影。大家还争着唱歌抒发情怀，抢着发言谈感想。王书记说："托格拉克村的各族群众和自治区总工会的干部团结一心，一定会有更加美好的托格拉克。"

早上到地罕大哥家。重新生了炉子，点着火后烟筒被热火烤得巴巴作响，不到十分钟，房子就热了起来。地罕大哥烧了奶茶，我们吃了奶茶泡馕，味道很好，吃得很多。

到阿孜古丽的另一个亲戚家，主人叫阿不力克木，家中有一个女儿叫阿尔孜古丽·艾买尔，女孩儿12岁，上六年级，很羞涩，始终和我们保持着距离。主人倒是很热情，端上了水果、馕、茶。饭前上了一道鸽子汤，鸽子汤如同羊肉汤，里面有胡萝卜和恰玛古，味道比羊肉汤更加鲜美。中午的正餐是拉面，拌面的肉是带骨头的，这种吃法似乎只有在阿图什才有，其他地方都是纯肉。我叫阿尔孜古丽和我们坐在一起，她也不肯来，电视里放着86版的《西游记》，孩子正看得入迷。

喀什的朋友汤老师打电话要来看我。等待的时间我让阿尔孜古丽去拿作业本，孩子拿来了数学作业本，我对数字没感觉，很认真地看了看她写的汉字，字写得一堆一堆。我说："去找一张纸。"很快，她从别的房子拿了一张纸过来。我看着她写下名字，一半字的笔顺都不对。我说："我来教你写字吧。"阿尔孜古丽非常高兴地接受了。她跪在地毯上，床当桌子，我也如此。我写了个"范"字，让她练习，给她纠正笔顺，同时告诉她汉字的结构特点是"左低右高"，又告诉她基本的笔顺规律。孩子非常聪明，一说就能做到。我问："会背什么古诗?"她想了一下说："不会。"我的手机上存了一些古诗，打开让她看哪首学过，她指着李白的《望天门山》说："这首学过。"于是我抄了下来让她写，不时地对笔顺进行纠正，抄了几遍，孩子就背下来了，然后我又让她找了一首学过的苏轼的《赠刘景文》。

汤老师走错了路比预想的晚到了一个小时。他的朋友是书法爱好者，他们把写的字拿来让我看，应该说写得很好。

亲戚非常好客,见有客人来他非常高兴,端茶上水果,还上了凉粉,又煮了苩蓿曲曲(馄饨)。阿尔孜古丽看到他们写的书法,非常羡慕。走的时候,我的朋友汤老师拿出了一支新毛笔,送给了阿尔孜古丽。我把毛笔泡开,可惜家里没有墨汁无法写字,我们就在炕桌上去比画,让孩子感受毛笔的那种弹性,体验提顿变化,孩子玩毛笔很投入。我看她对书法非常有兴趣,就打开手机,指着图片给她看了一组篆字,如马、射、涉、山、左、右、子等,既有象形字也有会意字,让她对汉字有一点直观的认识,我又通过书法字典把阿尔孜古丽这个名字的篆书、楷书、隶书、行书、草书分别查出来写到纸上,多种不同的写法,孩子看了觉得很有趣。孩子学得很认真,蚕头燕尾很快就掌握了,虽然是硬笔写的,也蛮有感觉。晚上12点多了,孩子还意犹未尽。她已经能用隶书字体像模像样地写自己的名字了。我说:"你背一下刚才那两首诗吧。"孩子用不太标准的普通话流利地背下来了。我对她的表现表示很满意,没想到孩子的父母更满意,开玩笑说:"你留下来吧,给孩子当老师。"我说:"我们以后两个月会来一次,到时候我来教她书法。"

第四辑

路上都是亲戚

2018年3月14日，早上9点多下了火车，10点半我们来到了阿图什阿湖乡托格拉克村。南疆浮尘弥漫，也难掩春天的气息，麦苗已经返青，杨树芽苞待放，一年之计在于春。一些村民家门口堆满了砖头，村民要拆旧房子盖新房。我们分成了好几个组，到各自亲戚家去了解春耕方面的困难。我们这次的任务，就是帮亲戚干农活、绿化植树，做一些力所能及的工作。

我的亲戚海热拉82岁的老妈妈正在门口扫地，海热拉的妻子阿依尼莎汗在洒水，玉山说明了来意，亲戚非常高兴，他们说："家里没有什么活。牛羊圈清理牛粪需要干，但是这个我们也干不动，我花钱雇人干。"海热拉家养了70多只羊8头牛，清圈的工作量应该是蛮大的。

告别海热拉以后我们又去五小队。五小队在托格拉克村的东头，海热拉家是一小队在西头，东西跨度很大。路上在村委会门口碰到了我的亲戚撒吾尔，他说："去家里吧。"我说："嗯。"然后他骑着摩托车先走，我们搭村干部的车去。撒吾尔对我们的到来非常高兴，他说："现在家里也没有什么困难，感谢党"。说着就端上了纯正的酸奶，我们一人吃了一些，味道好极了，尤其是那个馕的味道非常好，其实我们刚吃完早餐不久，但是亲戚的情意不能推却。撒吾尔非常勤快，在村委会干活，他女儿古丽哈伊尔在市上打工。他今年要搬迁盖新房，已经划好地了，他家现在有20只羊、6头牛。我给两家亲戚的孩子买了字帖，准备抽空教他们练习书法。他爱人的母亲去世一周了，嫂子还戴着孝哀悼，我给了一点慰问金。

高主任的亲戚古逊汗，这是一位85岁的老太太，长得慈眉善目，她家墙上保护画框边角的包装没有拆，上面插着两面国旗，她指着国旗说："这是在2014年发的，我一直把它插在这里，看在眼里，放在心上。"我们正在聊天的时候，工会干部学校的塔书记来了，他和这个老妈妈的儿子是亲戚，他来看望老妈妈。老妈妈高兴地说："过年过节都来家里看我，现在还有亲戚来家里，我很是知足。"走的时候塔书记给老妈妈说这是高主任古丽，塔依尔说这样她能记住你的名字，高主任古丽和老妈妈又是握手又是拥抱依依不舍。

下午到了同事玉山的亲戚艾来提家，同事玉山说他们家有三个大学生，父子俩正在外面盖房子，儿子过几天就要到乌鲁木齐考研。屋里有位老妈妈85岁，一双眼睛几乎失明，细心的玉山不仅给女主人带了条丝巾，还给老妈妈从乌鲁木齐买了两支好眼药。老妈妈激动地说："你们来得正是时候，现在就是缺劳力。还说昨天晚上做了一个梦，你们今天就来啦。妈妈明天要拆房子啦，你们来了就可以帮忙干活，我很高兴，你们在家里吃饭吧。"我说我们只干活不吃饭，喝点水就可以了，老妈妈听后哈哈大笑。

又去了高主任的另一户亲戚家,高主任给亲戚们带了最实惠的清油。女主人把我们让到客厅,她抱着孩子和我们聊天,玉山很是细心,给孩子一颗糖,孩子有点小,就把糖掰碎了给他吃。她家也在盖房子,家里要干的活就是帮忙盖房子。这个活有点专业,我们可能帮不上忙,不过我们可以帮忙搬砖。

今天在路上,遇到的大都是单位的同事,碰到的村民也大多是我们的亲戚。

总书记说新疆一盘棋,南疆是棋眼,我们为"棋眼"服务是理所应当的。

托万买里见闻录

2018年3月15日。早上起来浮尘略褪了一些,天空露出了一点蓝色。根据工作安排我们来到了托万买里村。到的时候杜书记正在开晨会,他正在安排工作,有四个方面内容:农业生产、综合治理、群众工作、党的建设。每个方面都安排到人,有明确的时限和要求。农业生产中有一些农民家缺乏劳力,杜书记要求小队长组织大家互助干活,千万不要耽误了农时。

杜书记,托万买里村队长、书记,两个月前还是自治区总工会组织部部长。他带我们看了村委会房前屋后新整的院子,介绍发展庭院经济种植蓝莓的想法。

我们按照分组进行走访亲戚,第一户有三个四五岁的孩子在屋里玩。这家人的儿子在做生意,房子盖得不错。

厨房有个大炕桌,还有几个小凳子,个个不一样。顽皮的孩子见有人来便故意钻到炕桌底下不肯出来,出来后又互相打闹,其中一个被大人拖了出去,又冒出第三个来捣乱。了解家里的一些情况,按照要求做完工作后我们便走了。

古人云:阳春布德泽,万物生光辉。此时此地的农村是"天空浮尘里,山色有无中"。后来又看了四家亲戚,一户是一位老太太,说话非常客气,坚决留我们吃馕。老太太端上的馕还有温度,然后又盛了酸奶。老太太家门口放了两把扫把,一把穿了黑色丝袜,一把穿了肉色丝袜,大家知道长筒袜还有这样的用途了吧。

下午杜书记带我们去看村里的四户人家。第一户男主人他爱人腿不太好,但是这个并不妨碍他们出力干活。他们已经把后院的六分地打理得非常整齐,主人正在翻地,几天前还是杂草丛生。杜书记说:"你们要种菜,我给你们发菜苗,种树就给你们发树苗,总之把院子用起来。"男主人听得开心不已,一个劲儿说感谢党和政府。另一户是单亲妈妈带着孩子,孩子上4年级,她的身体不好,缺乏劳动力,一院子的鹅卵石沙土地。杜书记曾安排有关人员帮她铺地,但她只铺了几行,对石头沙土也没有进行平整。村上还给她盖了一个小商店,据说有2000多元的货物,每天营业额有50多元。我们去时商店"铁将军"把门(门锁着),女主人也不知道去哪里了。我们准备走时她来了。她说能不能想办法买一个冰柜,天热了可以卖冰棍。这个事情基本上就答应了,不管怎么样都要帮助她。

走在11小队的路上,麦苗已经有半尺多高,路边的水渠已经清理过,顺着水渠堆了淤泥和垃圾,这应该是很肥的土地了,另外一侧农民的房子盖得非常气派。

一些村民正在门口聊天,很惬意,感觉不到这是春季农忙的时节。

另外一户,也是单亲妈妈,她勤快,喜欢养殖。我们在院子里说话时她家的羊咩咩地叫，仿佛和我们对话。我进到羊圈一看，有6只大羊、4只小羊。我学着叫了几声，羊儿也很会聊天齐声回应。她们家起初没有地，村上给她分了地。有了地，这么个勤快人肯定能过上好日子。我们还去了一户老太太家，去时老太太独自一人，她家与村委会同在一个街面，房子基础比较好，其中一间需要拆除和改造。她家后院里的厕所是这个村里或者说阿湖乡最好的旱厕，用图案标明了男女的区别。

回到村里，7点多开会，听取各代表汇报，书记现场办公解决。

在托万买里村看到一些电子标语，觉得很振奋，录在后面一起共勉吧。"功成不必在我，功成必须有我；今天青春是用来奋斗的，明天青春是用来回忆的；今天的问题今天再晚解决都是早，明天再早解决也是晚；案无积卷，马上就办，办就办好。"

挖坑搬砖记

　　2018年3月16日,阳春三月。浮尘散去,天空碧蓝。麦苗青青,鸟鸣婉转。昨天说今天要干活,所以换了劳动的服装为村民干活。

　　农村工作很忙。我们来到了一户人家,昨天已经来过,这家是单亲女人带着孩子,身体还有病。我们从废弃建筑物给她家搬砖,村干部找了两辆独轮车,往车上装,我们形成了流水线互相传递,这样效率更高。推独轮车既是力气活,也是技术活,我们这些人不大会推,基本上是村里的两个干部当把手,我们帮忙扶到平坦处后放手,就这还有"翻车事故"。

　　我们组的干部年龄偏大,我算是年轻的也是快50岁了。王主任胳膊软组织受伤还贴着胶布,吾布力哈森大哥心脏病前一阵才出院,玉山昨天还喊腰疼呢,今天依然卖力,同事小杨身高马大弯腰也不是很方便,大家互相配合,不顾尘土,在说笑中搬砖,不时用手套抹汗。茹仙古丽和古丽夏提给我们做后勤保障,玉山大哥得到任命,在这里做好监工,一定保证铺砖到位。

随后我们又到了十小队艾尼瓦尔家,要把他家的园子翻一下,另外还要挖坑种树。现在正是植树造林的季节,杜书记在会上说:"趁树还没有睡醒做好移植。"我觉得"没有睡醒"这个词特别地形象。我们计划把两棵核桃树移过来,还挖了又深又大的坑。

到了中午饭点,我们乘车返回学校吃午饭。

下午阳光灿烂。今天是星期五,是阿湖乡的巴扎日。乡亲们赶完巴扎,知足而幸福地往家走。早上看到杨树花忽然长大啦,在微风中轻轻摇曳,仿佛生命的律动。我们直接到艾尼瓦尔家,地上已经挖了几个树坑,今天的目标是18个树坑。因为这块地原来种的是苜蓿,所以里面全是草根,土地并不好挖。坎土曼我们用起来并不顺手,用了几下也就顺手了,尤其是挖坑取土的时候才知道坎土曼设计有其合理性。

兵分两路,一队挖坑一队到林地去移植西梅。这片林地是一个勤快的人用20多年的时间开垦出来的,有的杨树长得已经很粗,一棵大概可以卖五六百元钱。林地种的是杏树、桃树和其他经济作物,里面用铁丝网隔开着。我们看到很多野鸡在悠闲地散步,见有人来,惊慌逃走。西梅是蔷薇科植物,种一棵树就能通过根串着去生长,这个园子的主人原来不过种了三棵西梅,多少年过去了,这里生发出了数千株的大大小小的西梅。杜书记为小树苗已经找好了去处,他在村委会院子里开了一片园子当苗圃。

挖树也不太容易,我一不小心就被树枝抽打了,还蛮疼,我们挖了八棵较大的西梅,其中有几棵是已经嫁接好了的,也许今年就能够结果。还是村里人会干活,我们做了一些辅助性工作,尽可能让根系留得长一些,然后放在三轮车上拉过来,村委会主任帕尔哈提还修剪了枝杈,移过来以后我们齐心协力种了下去。这个女主人尽管腿不方便,但还是给大家烧了一壶开水,中午干完活嘴巴干得跟火烧一样。

只要勤快啥都有

到农村工作已经第四天了。早上起来，顺着托格拉克村的小路跑了一圈。太阳初升，炊烟袅袅，听着小鸟在枝头歌唱，牛羊在圈里呼喊，公鸡也不时在打鸣，连乌鸦也不甘落后在树梢上自言自语，这构成了农村田园交响曲。

吃过早饭以后就到托万买里村，从昨天起这个村用上了麦克风，杜书记说从此告别安排工作靠吼的时代。

我们今天的任务是砌砖、翻地。首先到了阿依古丽家，几个匠人正在干活，玉山大哥和我们一起搬砖干活。忙完后我们去了另外一户人家，和昨天一样正常进行。吾部长、杨哥我们三人走在路上，吾部长去年是这个村的队长，老百姓都认识他，见面就是亲切问候和握手寒暄，所以走得很慢。知道他来了，有两家人邀请他去看看。第一户人家叫吐达洪,典型的养殖大户,不仅养鸡养羊养牛还培育苗木。他家的门口有两三亩地,里面整齐排列了一行行小土堆,土下面覆盖着一个编织袋。一问才知道里面是无花果苗,再过十几天就可以挖出来出售了。这个乡种无花果的不是很多,卖到阿扎克乡一株可以收入20多元,去年价格是50元。他们家立体养殖大棚里有牛有羊有鸽子,隔壁是一个乌鸡的养殖棚。一只骄傲的公乌鸡见我们来,警惕地咕咕咕直叫,估计是彰显保护母鸡的责任感。而有一只母鸡非常胆大,好像认识我们一样,转着眼睛走过来打招呼。吐达洪说,一只鸡可以卖50元,一个蛋可以卖2元。

吐达洪留我们吃饭,我们婉言谢绝了。

我们到了一户老党员家,他是农业信用社退休职工。他的儿子在吉尔吉斯斯坦做生意,所以房子盖得非常漂亮。进门时他的儿媳正在和面,本来坐一会儿就走,主人很是客气,坚决要留我们吃中午饭。盛情难却,他说咱们先到外面转一转,他把我们带到了自家的后院,院里种了很多果树,老人像教生字一样说着每一棵树名。

他家房子从正面看是一层,从后面看实际上是两层。一楼是开放式的,半边养牛羊,半边储藏东西。果园里有一个卫生间,男女独立,小朋友在墙上画了图,男的标爸爸,女的写妈妈姐姐,真是很有意思。

他家院子从一个小门走出,跨过水渠穿过土路,便是一片开阔的田地,一眼望去,麦苗青青。农民正在给小麦上化肥,一个拖拉机绑着四五棵树枝在田地里奔跑,树枝能使那些化肥更加均匀。其中一块地不太大,中间有新栽的核桃树,不太仔细看以为是做的标记。

正在聊天的时候,吐达洪老人来了,他坚决让我们到家里去坐一坐,吾部长知道这些礼节,我们就去了。老人端上煮鸡蛋,鸡蛋外壳颜色各不相同,有白色的,有发青的,还有红皮的。老人说,这是自己喂的鸡下的蛋,吃一样的饲料,下的蛋却不相同。我们觉得味道很好,深深体会着这是农民对我们的心意。老人还说了一句话，"农村是个大天地，只要勤快啥都有。"

我们又回到这个主人家，进门时她儿媳妇正在炒菜，几分钟后开始拉面。有了鸡蛋垫底，也就不饿了。老人告诉我们，前几年他在外面开垦了一些地，种了两亩多小麦，这些小麦上的是农家肥，所以味道会不一样。我对吃得并不讲究，但口感还是能体味到。我说："味道好极了。"老人听了高兴地说："但愿你们能吃好。"我们非常感谢他的盛情，她的儿媳妇是一位老师。

回来的路上碰见了放学回家的小朋友，见到我们都能主动打招呼。现在，走在乡间的路上，大部分村民主动和我们用国家通用语言问好，这让我们感到非常的欣喜，大家都用微笑去回应。下午村委会非常热闹，来了很多村民，原来是育才中学和昆山小学的老师今天到亲戚家，村民们到村委会接老师亲戚的。

下午，我们又去了阿依古丽家，在玉山的监督下，羊圈的食槽也砌好啦，院子的砖也铺完了，与前两天的景象完全不一样。工人们还在继续善后工作，玉山还找了亲戚把她家的水管修了一下。阿依古丽乐得合不拢嘴，跑前跑后，我问她高不高兴，她说："当然高兴，感谢党和政府，感谢所有帮助我的人。"我能感到她是发自内心的。晚上给杜书记看了阿依古丽家羊圈及铺砖院子的照片，他很高兴。这才是书记最操心的人。

今天我们分享他们的喜悦

　　2018年3月17日,这是今年托格拉克村需要记住的一个日子。因为今天迎来了9对老人的金婚典礼,这在托格拉克村的历史上尚属首次,是自治区总工会认真策划很久的活动。

　　早上大家忙碌着布置典礼的会场:摆放花篮、铺红地毯、贴背景墙、摆小凳子、调试音响、洒扫等。这一切都在蓝天白云下进行,今天是喜庆的好日子,老天也长面子,给了一个难得的好天气。

　　11点,金婚老人们被一辆辆花车接了过来,他们在儿女和孙辈的搀扶下缓缓下车,老人们掩饰不住的喜悦浮在脸上。我的女同事给他们别上了红花,顿时就有了新郎新娘的感觉。一位老人行动不便,细心的干部为他准备了轮椅,把他推到了桌子旁边。

正式的典礼开始了。主持人介绍这次活动的意义,他首先祝福金婚的老人像胡杨一样健康长寿。胡杨这个比喻,老百姓听得懂看得见。随后领导分别给老人们送上了一束花。这一刻,朴实而温馨。在吃抓饭的过程中,干部们为金婚老人送上蛋糕,蛋糕上点了蜡烛,几位美女同事缓缓送到了桌前,主桌上工会的领导们为老人切了蛋糕,王书记还给老人家端了过去,情之所至,他还给老人的脸上抹了一些奶油,老人很是高兴,笑得如同奶油般甜蜜。这是一位86岁的老人,他的老伴也有84岁了,大家祝福两位老人幸福美满,健康长寿。

又是一阵热烈的掌声,儿女们为老人们切蛋糕喂蛋糕,这些有50多年婚龄的老人们也找到了当初谈恋爱的感觉,情不自禁为自己的老伴喂起了蛋糕。几位老人和他们子孙的喜悦溢于言表。一个人说这是头一次,又一位说我们从来也没有想到过给自己的父母过金婚,就是想到了也没有这个能力。一个小女孩给我说她高兴的原因是爷爷奶奶又结婚啦。还有一位说爸爸妈妈结婚时他们不在,现在看着他们的金婚非常高兴。有一位女老师是专门从阿合奇县请假过来参加父母的金婚,她说了很多感谢的话,还说也要像父母一样互敬互爱。背景音乐是理查德·克莱德曼的钢琴曲《爱的罗曼史》,也许老人们并不知道这首曲子的名字,我觉得他们大半生相濡以沫,共同扶持走来的人生旅程如同这首曲子一样悠扬动人。

还有一个环节是子女们为老人送礼物,大部分礼物都是披肩围巾或者丝巾,质地也很好。

另一个高潮是吃完抓饭后,大家跳麦西来甫。跳了一会儿,舞曲声让老人们舞动起来,他们是今天的主角。欢呼声、掌声、尖叫声和音乐构成了这个庆典的幸福交响乐。那一刻,每个人都是交响乐的一部分。我们为他们高兴，为他们祝福，也分享他们的幸福。一位老人跳了几分钟，指了指自己的头，然后就下去了，我想他肯定是头晕。还有一位老人拉着老伴儿的手，两个人在场子里转圈，我真是担心别把他老伴也转晕了。这个年龄啦，金婚很幸福，跳舞有"风险"。

仪式活动后又转移到了托格拉克村文化广场。我们很用心地做了一个彩门，铺了红地毯，把花瓶也移到了这边，氛围更好。我们还找了18个孩子在这里喷雪花，老人穿过彩门走红地毯时，那些孩子不知道把雪花朝天打，直接呲到了老人的脸上和衣服上，大家认为这是好彩头。今天这里还有一场精彩的演出，除了本地的演员，还有几位新疆有名的歌手图尔洪、李秀莲等，他们也来慰问乡亲们。

活动由新疆电视台的主持人迪丽胡玛尔主持，她今天既是记者又是歌手。来自兵团的青年歌唱家李秀莲演唱了《边疆处处赛江南》，她走到乡亲们中间歌唱，和乡亲握手，一位老妈妈与她拥抱，看了让人非常感动。随后她又演唱了一首《沙枣花香》，还为9对老人赠送了自己首张歌曲唱片。歌手图尔洪演唱了好几首歌，其中演唱了《民族团结一家亲》。每一次歌声响起，总有热情的观众来跳麦西来甫。歌手图尔洪说："时间过得很快，我们还想唱更多的歌，但是考虑到老人们的身体，我们把欢乐留到今后。"他还说："今天的好日子要感恩党、感恩我们的伟大祖国。"

全体干部和村民一起用《歌唱祖国》结束了庆典。自治区总工会的领导为9对金婚老人赠送了照片，王书记把相框高高举起，让大家看到定格幸福的笑容，这或许是他们人生中又一个美好的记忆。

不一样的早晨

　　早上起得早,跑步到托格拉克湿地,快到的时候遇见了两条狗:一条土狗,一条土狼狗。两条狗自己遛自己,见我来便撒娇,当成了自家人。我昨天晚上还和土狗玩了一会儿。这俩家伙也很调皮,本来我是想看看这里的水鸟,结果它俩撒欢跑到前面互相追逐,把鸟全吓跑了。看见头顶上飞的野鸭,它俩不知天高地厚还跳起来去追,累得呼哧呼哧,跳到排碱水渠里去喝水,狼狗很利索地跨过了水面,土狗跨不过去,水又深,走到中间吓得退了回去,试了两三次都不敢过,急得直叫。虽然胆小,但很聪明,它绕了一下找到比较窄的水面,跳过来后去追那条土狼狗啦。

　　吃完早餐,参加了托格拉克村升国旗仪式。村民按照小队站得整整齐齐,横有列,纵成行。在护旗手的护卫下,三名旗手从村委会门口扛旗,穿过队伍中间的通道,正步走到升旗台。全体人员肃立,升国旗,奏国歌,五星红旗徐徐升起,在朝阳的照耀下成为碧空中一道最美的风景。升旗之前整队的时候,村支书安排了春耕浇水施肥之类的事情。升旗仪式之后,村干部、村民代表和家属进行了发言。

我最佩服阿湖乡农民,他们落落大方,讲话铿锵有力,抑扬顿挫,仿佛个个都是演说家。从热烈的掌声中可以感受到村民对发言者的肯定。会前会后看到了很多熟悉的人,原来只是认识自己的亲戚,现在因为轮流到亲戚的亲戚家去看看,所以熟悉了很多亲戚。我们彼此主动打招呼问候握手拥抱,亲戚们真诚邀请到家里去,想来也是很感人的。

就在昨天上午,在庆祝金婚的会场,同事亲戚的孩子阿尔孜古丽跑过来叫我一声"李老师你好!"她说:"忙完以后跟你去学写字吧。"她还特意拿出了两支笔。我自然很高兴。这次过来还给她准备了字帖和毛笔,因为住校还没机会送她呢。活动结束后,和她的爸爸妈妈说了一声,她随我来到宿舍,我拿出了毛笔,讲了如何执笔,过年的时候,她已经学会了握毛笔,一讲她就明白了。考虑到便捷,这次暂时给她买了水写字帖,等下次有时间再在毛边纸上写。我还给她送了一本唐朝人写的小楷字帖。我告诉她临帖的方法,并做了示范,孩子很专注地学习。她还没有吃饭,过了一会儿,她妈妈催她走,她舍不得走。今天也和我亲戚的孩子古丽哈依尔说了练字,让她先看一看我买的字帖,下次来时就有事干了。

见到同事,聊起写字,听了不少。纪检组副组长叶组长在同事亲戚家看到米日古丽在茶几上写作业,有的字比例不均,叶组长就握着她的手一笔一画地教她。看到米日古丽写字一直歪着头,就教她以1尺的距离坐直写,刚开始孩子还改不过来,但后来就慢慢改正了。她说,孩子都很聪明,一点就通,很快就掌握了。女工部王副部长讲了小女孩艾柯岱的故事,这个孩子是她2014年在"国家通用语言班"的学生之一,当时为了教孩子们学国家通用语言，我们专门打造了一个小教室，刚来时艾克岱一句普通话也不会，后来能用简单的国家通用语言和她打招呼。现在，艾克岱发音标准，但词汇量有限，再深入交流还是有些难度。后来王副部长给她送了工具书，经常给她带去拼音版的课外读物。经常检查作业、辅导学习，让孩子多讲讲学校的故事，多说说家里遇到的新事，多谈谈身边邻居的变化，陪孩子看电视，给艾克岱创造学习国家通用语言的环境。她感慨地说："每当看到艾柯岱天真的笑容，阿米娜感激的话语，肉孜老人眼中的泪花，一家人端上热馕嘱托我带回去给家里的老人们尝尝时，我就更加感受到我们这一代人身上的责任与使命。"言为心声，相信真挚朴实的交往，一定能影响一个孩子的一生。

纪检组干部小苏说，教孩子们识字、讲故事、讲外面的事儿是我这次看亲戚的目的。

默默坚持，以心换心，是大家对远方亲戚的承诺。

调解婆媳矛盾

2018年4月16日,我们踏上了去南疆阿图什看亲戚的列车,大家一路非常开心。第二天凌晨不到6点钟就被列车员叫醒换票,6:50下了火车,天上星星很亮,有一种披星戴月的兴奋感。

因为太早,一路畅通。不到7点半便到了托格拉克村,那时天微微发亮,启明星还在闪耀,这说明今天是难得的好天气。星星不仅是来照明的,还是来预报天气的。

农民工业余学校的工作人员领着我们进了房间,四个人一间,大家可以在这里洗漱。

在我的记忆中,马兰花应该开了。天亮后到外面转了一圈,果然在学校门口的水渠边看到了几丛马兰花。马兰花在这里最为常见,如同蒲公英一样,水渠边田埂上树丛中到处都有，它长得标致，自有君子风范，一丛丛开得那样从容与淡雅，又开得那样艳丽和大方。

路上碰到了很多熟人，总工会和直属单位看亲戚的同事还在这里，他们下午要离开村子。和多新、吾布力哈森打了招呼，多新给我讲起吾不力哈森昨天调解婆媳矛盾的事。

吾布力哈森在他的亲戚家，当时村支书热合曼江也在这里，家里发生了婆媳矛盾，工作也没有做通。吾布力哈森在工会长期从事职工劳动纠纷的调解工作，他了解到是婆婆埋怨儿媳没有照看好家，争吵时儿子打了儿媳妇，儿媳一怒之下回了娘家。他先给婆婆讲应该一碗水端平，教育好儿媳和儿子，维护这个家庭和睦，不应该偏袒一方，又批评儿子男子汉不该打弱女子，让两人知道了自己的错误。吾布力哈森和其他同事一起到尤喀克买里村儿媳妇的娘家，给这个21岁的儿媳妇做工作，让她学会谅解和理解。当时儿媳的父亲也怒气冲冲，不肯原谅。吾布力哈森劝他们放弃怨恨，并说请婆婆来接她回去，父女俩也算通情达理，就答应了。还说来接的时候不要再提起不愉快的事情。当天晚上，婆婆就来接媳妇，一家人和好如初。事后吾布力哈森又专门到家里去看望，看到婆婆带着儿子剪羊毛，儿媳妇照顾家尽心尽力。

吾布力哈森还给自己的另一户亲戚从阿热买里买了四只土鸡，送了一些无花果树苗。

吃完早餐，我们从农民工业余学校买了菜和肉，分量很足。本想直接提到亲戚家，但亲戚家远了一点，就给亲戚打了电话，不一会儿，我的亲戚海热拉骑着摩托车到了。我和杨哥把菜放到他的摩托车上，让他先走，我们步行随后就到。这次我和杨哥两人一组，杨哥是老干处的干部。我们的亲戚在一小队有两户，五小队有两户，一小队和五小队一东一西两个方向。

海热拉家收拾得非常干净，门口已经搬出了一张床。海热拉的妈妈，一位80多岁的老太太正躺在床上晒太阳呢，见我来非常利索地下床，拉着我的手不放，我们和海热拉的爱人聊了一会儿。

我们又来到了杨哥的亲戚家，老母亲带着儿子和儿媳，日子过得不是很好。我们为他们送上礼物，告诉他们来意。老太太让留下来喝茶，我们推辞了。

我们原路返回。树上有鸟儿在欢快地歌唱，田地里的麦苗在微风下微微起伏，微风吹过送来青草的味道，我们边走边欣赏路边的马兰花，感觉心情非常舒畅和惬意。

到了中心拿了行李，又拿了肉菜。正在找车时，一位村民愿意开车送我们去五小队。他的车上还坐着我们的同事，到我的亲戚家时，我把所有的行李放到了亲戚家里。沙代提古丽的亲戚和崔庆、金霞的亲戚是一家人。这对亲戚是两口子，一个在农民工业余学校当服务员，一个就是这位送我们去五小队的村民，小两口都是拿工资的人，在村里人的眼中已经算是干部了。

在他家喝茶聊天的时候大盘鸡的香味已经飘了出来，主人要留我们吃饭，因为和我的亲戚已经提前说过了，我们就告辞啦。

到我的柯尔克孜族亲戚家时嫂子正在做抓饭，厨房的桌子上堆着切好的萝卜丝，女儿正在烧油炒肉，见我们来，她端了茶，让我们坐下喝茶。这时候撒吾尔大哥回来了，见面依然是亲切的拥抱，大哥正在给自己盖房子。在撒吾尔大哥的院子里转了一下，后院的麦子长得很欢，墨绿的麦苗苗壮有力，在阳光下显得生机勃勃。三头牛悠闲地吃着玉米秆，圈里的羊也发出咩咩的叫声，也许是想喝水啦，毕竟快到中午了，我们都是要吃饭的。

我和杨哥在等的时候竟然困得睡着了。抓饭熟了，味道很好，撒吾尔大哥陪我们吃了一会儿，他的女儿古丽哈伊尔说隔壁有干活的叔叔，她爸爸去看一看。下午我和杨哥来到了亲戚家的工地,房子还在图纸上,不过已经挖好了地基和管道坑。一个工人正在装管道,是相对比较粗的一种白色塑料管。他很熟练地用火烧了一下塑料管,然后找到接头利索地接上。在工地并没有我和杨哥能干的活,于是帮着拉了一下管道。地上的土很松,稍微一动就能扬起灰尘,不一会儿,我们和主人一样差不多成了土猴。撒吾尔让我们回去,我们也觉得干不了啥,在工地还要让亲戚照顾,于是就回去了。

晚上我们又帮忙给亲戚的牛羊喂了草料,嫂子就被我们这一点点举动感动了。不过我更关心的是古丽哈伊尔的妹妹古丽沙伊尔的学习情况,检查了她的作业。她的字迹比较工整,测试了一下字词,有一个字还真是念错了,可能就是老师教错了。那个词"谲诈",读 jué zhà,她读成了 jú zhà。

晚饭前,突然起风了,当时我在院子里记录今天的工作情况,听到由远及近的轰然作响,知道是起风了,如同洪水。几分钟后飞沙走石沙尘蔽日,刹那间,笔记本上落满了尘土。南疆的天气就是如此,说变就变。那一夜,风几乎没有停,这时候才会理解为什么南疆农村的房子窗户小而且高,主要是防灰尘风沙。

晚上没事,亲戚一家和我们聊天,然后又给他们一家人拍照,拘谨过后的放松变成了幸福微笑的定格。

村庄的味道

　　今天，撒吾尔、杨哥和我三个大老爷们儿睡得极其安静，撒吾尔简直睡得毫无声息，都怀疑他不在炕上。

　　早上醒来他们还睡着，我到外面小跑了一会儿。鸟儿在树上歌唱，牛羊在圈中鸣叫，偶尔传来农人呼喊，也会听到渠里流水的声音，轻风拂过树梢，这一切构成了一曲动人的田园交响曲。走在路上，还能嗅到麦苗与草木的清香，偶尔吹来牛羊圈的味道，这也是接地气的乡土气息。

　　早餐是牛奶泡馕，味道很好。吃完饭，看到单位新来的几位同事到他们的亲戚家去。他们是初次走访也是暂时的告别。

　　我见到他们已经在小沈的亲戚家。小沈给她亲戚送上了礼物,亲戚自然非常高兴。亲戚们看到孩子们无比的开心,有的要留在家里吃饭,有的要留下喝茶,可是他们的时间有限,无法坐下来交流了。同事小宋不知从哪里借了一辆三轮摩托车,大家一起坐在摩的上,那种感觉也是蛮拉风的。

亲戚盖房子的活我们还参与不上,连搬砖的活都没有呢。在亲戚家没干活,又不能给他们添乱,正在烦恼的时候,同事小崔打了电话说到她的亲戚家来吃饭。

室外,刮了一夜的北风,阿湖乡的天空如洗,阳光和煦。

有一户人家,家门口的水渠里堆满了砖头,他们家也要盖房子。因为砖头占了水渠,家里的老人在一块一块捡砖,看到了包户干部孙玉娟就给她反映情况,说这样会影响他浇地。书记看了以后说,明天让施工的人来全部把它推走,如果说他们干不了,到时候雇两个人把它们全部运走。老人听到以后立即疏解了心情。书记又不放心老人家里的情况,进到屋子里,他揭开锅一看没有东西,又看了一下冰箱也没有肉,家里倒是还有一些面粉,米只剩一点了。他安排司机到村委会去拿了一袋米和一壶油,然后他在这里坐着和他们聊天,拉着老人87岁的老伴。说着说着,老人激动地哭了,他说我们老啦,本不想给你们添麻烦的,村委会对我们这么关心,真是要感谢你们。

中午在同事的亲戚家做饭,这样也好,省了我的这个亲戚在忙碌的时候来照顾我们。小崔的亲戚是小两口,妻子是农民工业余学校的服务员,今年大概21岁,已经是两个孩子的母亲,不过看起来自己还像一个孩子,去年在工会干部学校培训过,国家通用语言口语已经很了不起。我们炒了几个素菜,她特别认真地看我们做饭,她想学习做饭。中午她的丈夫回来享用了我们做的米饭菜,他边吃边说在家里没有吃过这么好吃的米饭菜。

午饭后,她拿出了毛毯,我也没有客气,在炕上躺了一会儿。现在到亲戚家就不那么拘束了,在亲戚家要学会自己照顾自己,这样不用麻烦亲戚来照顾你了。

小亲戚唱国歌

昨天晚上睡觉时风略小了一些,半夜又刮了起来,早上醒来时风正大,那时候真不想出被窝。

尽管风大,生意不能耽误。一个收牛奶的人在门口喊叫,撒吾尔和嫂子提了半桶牛奶交给他,过秤后付了钱。一位母亲骑摩托车送两个孩子去上学,乡村的早晨,忙碌的生活开始了。

吃了亲戚嫂子做的早饭,我们与亲戚告别,准备转场到同事小志的亲戚吐尔洪家。两家的距离并不远,来到他们家门口,几个人正在背风的地方晒太阳,把我们迎进了院子,安顿好以后,我们去另外的房间看了87岁的老人家,老人家身体还好,他正在绕绳子,应该是为盖羊圈做一些准备,旁边放了一个拐杖,他的老伴妻子坐在炕上。儿子儿媳妇很是客气,又要端茶又要倒水,我们说刚吃过饭,他就端上了干果和水果。又问中午吃什么饭?他家本来今天要盖牛羊棚圈的,因为风大没法干活,暂时在这里待着。他说风大,睁不开眼睛,不能劳动。见我们来,他见缝插针认真地学习国家通用语言。他是爱表达的人,把自己新学的国家通用语言仿佛从脑子里全要掏出来展示给我们。

下午通知开会,书记布置了工作,大概晚上8点干完了。今天从五小队到村委会来回走了两趟半,微信运动显示已经将近两万步,走得腿都酸啦。实在走不动了,回去时顺便搭了一辆摩托车。这个农民不认识,到四小队后下车,正在走的时候又来了一辆三轮车,他主动停下来说,上来吧。我就欣然上车,下车的时候我发现他是一名残障人士,他顺道捎我让我非常感动。小志更加幸运,碰见了亲戚的姑爷买买提江,就坐他的摩托车回来的。

一进门见到放学回来的小朋友,他们高兴地问叔叔好,这是我第一次见他们。这两个孩子都非常聪明,晚上的交流中知道他们在学校和幼儿园表现很好,老师还给他们奖励了新书包。小志一进门,孩子认识他,说叔叔我给你专门拿了面包。那是幼儿园给孩子的面包,他没有舍得吃,专门拿给小志吃。这是孩子用自己的方式表达对亲戚的一种心意,他舍不得吃,他认为这是最好的东西要留给亲戚吃。

晚饭是馄饨,味道很香。

姑爷买买提江是一位非常上进的人,他告诉我中专毕业以后又不甘心,自己边工作边学习,考上了大专,现在在托格拉克村委会工作。他说工作的时候一定要带上工作牌,走访村民家的时候要把自己学到的各方面的政策知识讲给农民听。他还反复在说我们都是一家人,都是中华民族,中华民族就要学习国家通用语言。

吃完饭以后吐尔洪和妻子去村委会上国家通用语言夜校学习。他们积极的学习态度让我看了非常高兴。过了一会儿,他的妻子再央古丽先回来了,她说今天晚上没有学习,她带着孩子跟我们一起聊天。两个孩子很是活泼,主动给我们唱《中华人民共和国国歌》,他们立正用普通话唱,虽然发音并不准确,但是那种认真劲却让人听了感动。然后又唱了《我们是共产主义接班人》,还唱了几首国家通用语言的儿歌。我给他们拍了几张照片和几段视频,然后回放给他们看,孩子看后更加来劲了。过了一会儿,他们的奶奶也来了,老太太非常开朗,我给她拍照,老太太很是配合。给她看效果时,她边看边笑,还说不要把难看的洗出来,又给他们一家人拍照。吐尔洪也回来了,和我们一起聊天时拿着小志送的拼音版的神话故事集,翻到《愚公移山》念了起来。他是一个好学的人,然后让我纠正发音,我还不时表扬和鼓励,真是太棒了。我们把《愚公移山》故事念完了,其中又讲了几个多音字如"行",以及"快"和"决"的区别,亲戚很是高兴。大家一起聊天,问小志家孩子的情况,是否结婚啦,还说结婚的话请他们过去。热孜亚又缠着小志讲故事,小志用很浓的陕西口音给她说,本应孩子可以听懂的,带了方言就不好办了,偶尔我就给小志当翻译。

今天工作来回走路,中午天高云淡,走在路上心情很愉悦,我拍了几张照片发到朋友圈,亲戚的女儿迪丽胡玛尔又转发到自己的朋友圈,说感谢为自己的家乡代言。

我为村民服务

今天是4月20日。昨天晚上睡觉的时候风平浪静。半夜时听到窗户哐当哐当作响,早上起来一看,浮尘弥漫。发了微信,琢磨了一个句子:一夜浮尘起,山色有无中。"山色有无中"是唐代王维词句,在这一用,还蛮合适。山是有,但是在浮尘笼罩下,确实看不着啦。

继续到村委会工作,昨天已经做了部分工作。看来,有些工作比较滞后,或者说比较乱,理起来需要费工夫。不会填表时就互相去问,比如说一头牛的问题,项目中牛有几种,有奶牛有肉牛,有的标清楚了有的没有标明,因为价格不一样。想起今天早上热孜亚看着一只母鸡带着小鸡正在吃东西,我和孩子聊天说那是鸡妈妈,孩子告诉我小鸡是从鸡蛋里出来的,然后她指着旁边的鸡窝说它们在那里睡觉。

一点多的时候就把工作干完了，我们各自回到了亲戚家。今天是星期五，是阿湖乡的巴扎日。在路上看见很多村民穿戴得整整齐齐，骑着摩托车去赶巴扎，虽然是浮尘天却并不影响他们对巴扎的热爱和向往。小志的亲戚去巴扎卖羊，在路上还遇到我的亲戚骑着摩托车，为他身后一辆拉水泥的汽车带路，他正在为盖房子操劳呢。中午回来的时候又到他家房子的工地看了看，地基已经打好了，灌上了水泥。

小志的亲戚很是热情，中午做了米饭。有一种饭叫菜浇饭，或者是盖浇饭。米饭盛在盘子里，上面盖了很多的菜，味道倒是蛮好。吃完后大妈又端了半盘子过来，真是吃撑了。年轻的女主人则在外面打馕，他家门口有一个馕坑，自家的馕吃起来自然放心。

下午我们又去村委会填档案。路过一个废旧房屋时小志大声地喊我，原来那里拴了一只羊，他让我过去拍照。那只羊看起来很大，是一只山羊，更为奇特的是那只山羊的头发刘海眉毛胡子很长，简直是一个长毛怪，不过长得非常帅，所以也可以叫作"帅羊羊"，也可以叫作洋气的"洋羊羊"。

下午是继续看亲戚，为村民服务。

再阳古丽的家在多力坤大队，后来我才知道是尤喀克买里村分出来的一个村。2014年我在这里下乡，后来出了一本书《零距离》，还办了一个展览并出了一本画册。这次我就带了一本画册，上面有很多人她都能认识，其中一位买海提·努尔是她的叔叔，因此，感觉更加亲近了。晚饭吃得很晚，亲戚家宰羊了，因为他们在盖棚圈，需要招待干活的工人，我们也作为招待的亲戚，一举两得。我很喜欢他们做的羊肉汤面条，营养丰富，味道鲜美。

像天空一样的高大

今天我们到村里已经是第五天了。早上起来空气格外的清新,昨天晚上零零星星下了一点雨。让我惊喜的是托格拉克后山上竟然有云雾缥缈,非常美丽。那座山不是很高但很陡峭,天气晴朗的时候就显得很生硬。今天她竟然如同安静的女子系了淡雅的丝巾,温婉动人。

吃完早饭,我们就和亲戚告别。离别总是有些依依不舍,全家人站在门口向我们挥手。吐尔洪在盖羊圈,也没空送我们。我和小志提着包往前走时,亲戚的女儿古丽哈依尔骑着摩托车来了,她停下车接过我们的行李放在摩托车上就先走了。我和杨哥走在路上轻松地呼吸着新鲜的空气。又遇见那只很帅的羊,它孤独地等候我给它照相。我用照相机给羊拍照时女主人来了,她指挥山羊公公配合我拍照。我问她那只羊几岁了，女主人说："它是羊爸爸，今年6岁啦。"

把东西放到了学校，鞋子有点脏了，我便低头弯腰擦鞋，这时小志打电话来，说是我的亲戚来了，出来一看是海热拉。他问我啥时候到家里去，我告诉他中午到小志的亲戚家吃饭，饭后到他家里去坐坐。他说这两天一直在家等我呢，我请迪力木拉提一起走亲戚，把他送到了大门外面，他骑摩托回去了。

我和小志去太来汗家时路过海热拉家，他正在门口渠边宰羊呢。快到太来汗家时，又接到她女儿的电话，可见邀请之诚心。其实第一天我们到了这个老妈妈家，小志给她送了菜，给她的孙子送了绘画本。我们在五小队亲戚家时，太来汗的女儿吾买尔古丽打了四五个电话，说妈妈问我们啥时到家里去住和吃饭，小志用浓重的陕西话给她做解释，今天出来之前我们和吾买尔古丽约好，她从四小队回娘家帮忙做饭，进门时她正在帮母亲洗菜呢。老太太见我们来了特别高兴，吾买尔古丽说："这几天，妈妈天天打电话问我，为什么我的亲戚不来家里吃饭，也不来家里住？"我们告诉吾买尔古丽，妈妈身体不好，又要照顾儿子孙子，家里还养了牛羊，我们不想给她添麻烦，所以就没在家住，但是我们会过来看她。吾买尔古丽理解我们的用心，给她妈妈做了解释。

老太太端上了花生、瓜子、芒果和苹果，看来对我们的到来做了很认真的准备。太来汗家的厨房也是客房，我们一边洗菜一起聊天，吾买尔古丽说妹妹等会也要来。吾买尔古丽问吃什么肉，我们说啥肉都可以，她说着就切了羊肉，然后又剁鸡，那只鸡是我们送过来的，我们说就不要做鸡了，她坚决不肯。炒菜是一锅烩，羊肉块很大，鸡也是整条腿和翅膀，中间又放了水萝卜、洋芋、芹菜等。屋子比较小，在阳光照射下做饭，所以温度比较高。我们坐着还蛮舒服，就是油烟有点呛人。小志走过去打开了前后窗户，空气对流后就好多了。不一会儿吾买尔古丽把面和好了，菜也熟了。太来汗盛了一勺子肉菜，端过来让我吃，我明白是让我们品尝味道。大锅烩菜蛮好吃，盐也放得刚刚好。几分钟后，她又把锅里的鸡腿和鸡翅捞出来，鸡翅很烫手，我给太来汗妈妈递了一块，又给她的小孙子分了一块，我们一块儿分享了美味，老妈妈特别高兴。她的儿子见我们来，脱掉鞋子，走上炕跟我们一一握手，然后微笑着出去了，显得非常地客气和礼貌。

吾买尔古丽熟练地拉面，面拉得很细，放进锅里的时候有半截子掉在了外面。她笑着说："我们有说法，如果面条掉到锅外边，肯定是有客人要来。"面要出锅时，她的妹妹带着孩子来了。她来得正是时候，进了门就帮姐姐捞面。就在我们吃饭的时候，真的又来了一位客人，应该说是太来汗妈妈的街坊邻居，也就是我的亲戚海热拉的妻子阿依尼莎汗。阿依尼莎汗见到我们说："看看你们在干嘛？吃啥饭？"似乎又有一点责备的意思，为啥不到她家里去吃。主人把阿依尼莎汗请到炕上，给她盛了一碗面。

小孙子看起来聪明伶俐。我们让她保重好身体，请她的女儿经常回家看看她的妈妈。太来汗妈妈说："现在日子过得很好，啥事都有人关心，村支书经常来家里问寒问暖，现在又多了一个亲戚，让我感觉到很温暖。"还说了一句让我难以忘怀的话："今天你们到家里来吃饭，我感觉到自己像天空一样的高大。"我们说以后来一定先到家里来看你，来吃饭，你也像我们的母亲一样。我对太来汗妈妈说："我又多了亲戚多了朋友，我就像你的儿子一样。"老妈妈激动地哭了。我握着老妈妈饱经岁月磨砺的粗手，安慰她要保重身体，老妈妈搂着我的脖子亲吻我的脸，那一刻让人心里充满了温暖和感动。

走的时候老妈妈送我们到门口，又送到马路边，走过数十米回头看时，一家人还在那里挥手致意，看了也让人感动。

今天托格拉克村天气非常好，早上山间有雾，天有点阴，在太来汗妈妈家吃饭时,天气晴朗,此刻成片的云化为一朵朵云彩,飘在蓝天上,投影在托格拉克的后山上,又让山有了丰富的层次感,仿佛是一幅水墨画。那一刻,恨自己不是画家。

我们来到了海热拉家。海热拉的妈妈和几个孙子正在门口乘凉说话,看我们走过来,老太太站起来把我们迎到屋里。阿依尼莎汗端上了水果和干果,小志吃了个香梨,我吃了新鲜的巴旦木干果。阿依尼莎汗又是掰馕又是端茶倒水,还要给我们开啤酒,硬是被我们拦住了。不到两分钟又端上了一盘清炖羊肉,海热拉的侄子说再煮半个小时会更好。我们在太来汗妈妈家吃得很饱,就象征性地吃了一点,然后又聊了一会儿。他的侄子去年贷款购买了大型机械设备,准备参加工程建设。我们异口同声说会有机会的。他说:现在国家对农民的政策太好了,叔叔养羊养牛种地一年也有五六万元的收入,比城市职工生活过得还好。我说确实是这样,城市困难职工的关注和帮扶力度也在加强,老百姓的日子会越来越好。临走的时候,阿依尼莎汗指着一个箱子说,她给我准备了一些馕,带回去给家里的爱人和孩子吃。还说,这个馕特别的好,平常冻在冰箱里,拿出来半个小时以后就可以吃。

时间过得很快,一周的时间就这样结束了。下午我们登上了返回的列车。走的时候,阿图什夕阳在山,紫绿万状。

第五辑

大家都是亲戚啦

2018年5月16日,经过近两个小时的飞行,飞机平稳地降落在了原喀什机场(现徕宁机场)。

早上出发时天气蛮好,飞机之下,天山之上,云雾蒸腾,变幻多端。群山白雪莽莽,一片琉璃世界,如诗人所说"天山万笏耸琼瑶"。与我邻座的同事小苏拿着相机定格着这些美景。飞机偶尔颠簸,在和气流握手。

这是五月季的走亲戚,这次时间将持续一个多月,因此单位分了四批,我们是第一批,来了30多人。从机场到村里大概需要一个小时,路上经过阿图什工业园区。南疆夏天来得早,去村里的路上绿意浓浓,一派夏天的景象。

下午我们集中开会,突然门窗呼呼作响,起风啦,风很大,听起来蛮吓人。会后看到风掣红旗,天空深蓝,白云飘逸,绿树摇曳。晴天风起宜惊人,这是我这次走亲戚的又一感受。

村民们知道我们要来,便三个一群、五个一伙地来接我们。其实分别还不到一个月。走亲戚一年多了,大家心里都有了彼此。我的亲戚怎么还没有来呢?打电话,才知道海热拉肾结石去阿图什住院了。去海热拉家时遇见同去一小队的工人疗养院的两位干部,其中一位叫小梅,我们边走边聊,小梅说:"你们虽然有两个亲戚,但我有三个亲戚呢。"我问她是什么意思。她说:"原来结的亲戚后来做了调整,安排另外的一个亲戚,原来的亲戚还是亲戚,和同事住过的亲戚也成了亲戚,都要去看看。"事实上也是如此,进村后,以前住过的亲戚现在虽然是别的同志的亲戚,但见着了都大声喊我的名字,那种亲热的程度,与自己现在的亲戚一样热情。

我向海热拉家走去,远远地就听到她家门口的收音机声,海热拉的妈妈坐在树下大铁床上乘凉。看到我们,老人家放下手中的东西与我握手拥抱,显得格外亲切。海热拉病了,没有看到他质朴的笑脸,也没有听到他的妻子阿依尼莎汗爽朗的笑声,突然有一种心里空荡荡的感觉。跟老妈妈说明了来意,这次走亲戚看到她家有了新变化,门口多了一个铁皮小屋,里面摆了一些小杂货,收拾得比较整齐,老太太应该在顶班守店。门口的桑树结的是黑桑葚,有的成熟已经落下,在地上留下印迹,招来了辛勤的蚂蚁。我试着摘了几颗,倒是酸甜有度,十分爽口。

告别老妈妈回到村委会,又拿了行李,准备出发到同事的亲戚家时,他的亲戚开着汽车来接我们。到了同事的亲戚家,只见全家人在门口列队欢迎。到了房子后我们坐在炕上聊天,亲戚说他们家原来在乡上开了个小饭馆,现在不开了,父亲准备把家里的牛和羊卖了,儿子不愿意,牛一头也不能卖,羊一只也不能卖,他认为自己长大了,生活不能比过去差。我们为儿子的这种自强自立精神感到欣慰。亲戚说在党和政府关心下已经过上了好日子,这不,安居房子又盖好了,还有其他的项目,日子会一天比一天好。我们异口同声地说："不仅如此,好日子在前头呢。"我的同事小丁讲了一些美丽乡村建设和稳疆建疆的发展机遇,告诉亲戚,好日子不仅是描绘出来的,还是干出来的。

亲戚家准备了晚饭,首先端上来一份凉拌黄瓜,做了非常精致的造型,犹如五星级酒店的菜。陆续又端了三个菜,菜和米饭的味道非常好。原来,农村亲戚们很少吃菜,更不会炒菜,现在和城里的亲戚一样,饮食上也在变化。吃饭交谈时,亲戚表示非常感谢党和政府的政策。他说:"我们现在是一家人,我们把自己家里事情管好就是做贡献。"这就是阿湖乡农民朴实的情感,认识都很高,做得也很好。

吃完饭不久,接到了同事小朱的亲戚买买提江打来的电话,说到家里坐一坐。他是一位柯尔克孜族小伙子,平常在哈拉峻乡修摩托车,这两天回来休息。我们到买买提江家时他已经准备了瓜果,我们坐在炕上聊天。他的爱人阿吉古丽在学校工作,一个月有固定收入,日子过得红红火火。更为可贵的是买买提江夫妇俩富而思源,知道好日子是共产党的好政策给的,所以积极要求入党,报答党的恩情,两口子都写了入党申请书。艾买提江说自己上学时并不爱学习,还故意让老师不要管他。毕业后他到喀什当学徒,学习摩托车修理技术,五年后出师单干。哈拉峻乡在山区,除了冬天,每个月都有收入。上次说了要入党的想法,我们因势利导,坚定了他们的入党信念,还请小朱帮他看了入党申请书,现在已经交给了村党支部。

聊天时,买买提江的父亲给我们讲柯尔克孜族在阿湖乡的历史。据他说,他们家从别的地方迁移过来已经有百年。老人家说:"现在的日子太好了,当年房子四处漏风漏雨,为了躲雨,从房子一个角落换到另一个角落,还是没有地方可躲,现在是啥日子,太好了,我还有干女儿呢。"她指的是亲戚孙玉娟。

此前去他家时遇见了史芸下乡教过的孩子穆尼热,这时她和史芸一起来了。这个女孩子已经上三年级,国家通用语言口语非常好,吃饭聊天时,我们也问她一些维吾尔语,她说爸爸妈妈在家里学国家通用语言,你们在这里学习维吾尔语。我们说这样可以好好交流和沟通。孩子对史芸很有感情,依偎在怀里深情地望着她。11点了,孩子还不走,我们就送她回家。好在不远,进院子不久她又出来喊我们,说她妈妈叫我们吃了西瓜再走。

　　路灯亮着,一个骑摩托车的人要停下来和我们打招呼,他用脚当刹车滑行了一段才把车停稳,他的腿脚是摩托车刹车零件。问我去哪里,要捎我一程,我提醒他注意安全,他说只是刹车不太好,慢点没关系。我仔细一看,原来是史芸的亲戚,农民就是这样热情和可爱。

　　小朱在阿克苏长大,维吾尔语口语不错。小朱和史芸又给阿吉古丽和她的儿子辅导国家通用语言,念的都是一些叠词,马马虎虎、轻轻松松、快快乐乐等。

到田间地头看一看

　　前天下午走在托格拉克村中心大道上，看到远处的天边升起一股烟尘，小朱说："有雨天边亮，无雨顶上光，要下雨呢。"没想到小朱的话挺灵验，早上醒来时听见淅淅沥沥的雨声，又不相信自己的耳朵，以为是亲戚房屋后水渠的流水声。早上起来去外面的厕所，几分钟就把衣服淋湿了。

　　这是我在托格拉克村经历的最大的一场雨。雨下了一个上午。从微信群里面看到石潮新早起在扫院子，2014年下乡时学了一句话，老乡说"刮风时躺着，下雨时吃肉"。今天这样的天气，只能窝在房子里，最好能炖一锅肉吃。

　　早上吃了肉稀饭，打开手机改稿子，一看在讯飞语记中输入的2600多字只存了600多字，懊恼不已。这两天网络不给力，欲连还断，说断还连，影响了写作的情绪，只好打开笔记本电脑一个字一个字在那里敲，这样也好，经过脑子思考，文字自然就成了，不像嘴巴里念出来的，虽然朴实却显粗糙，还需雕琢。正在写的时候，伊力亚斯的妈妈进来，她摘了几朵新开的粉红刺玫花递给我，我赶紧下炕去接，可惜摘的只是花朵，所以无法插到瓶子里，只好放到了冰柜上，顿时房子里一股玫瑰的清香，赠人玫瑰，手有余香，亲戚阿姨定是"弄花香满衣"了。

中午吃饭时太阳出来了。饭后我们和伊力亚斯看他家的田地。伊力亚斯开了一辆电动三轮摩托车，后面带着斗子，相当于敞篷车，我们爬上敞篷，一边站一个才保持平衡，这样就在托格拉克的乡间小道兜风。今天应该是托格拉克最美的一天，雨后空气非常湿润，仿佛云朵在树梢间流动，太阳被白云遮挡得也不是很强烈，时有时无。托格拉克山上云雾缭绕，一派仙境。三轮敞篷在田间小路行走，左拐右转，我像杂技演员一样找到平衡，拿起手机定格那些美景。

田野上草虫啾啾，鸟儿鸣唱。伊力亚斯家种了十多亩小麦，相隔倒不是很远。前几年还在田里套种了一些核桃树，今年核桃挂果很好。绿油油的麦子带着露珠在微风中微微起伏，我看到麦田里有些杂草，伊力亚斯说这两天刚浇过水。老天也是会来事，农民刚浇完地，它就来"锦上添花"。麦子抽穗很好，静待一个月后收获。田间土路泥泞，时有小水坑，麦田离家还有一段距离。

下午，同事们一同吃饭一同学习，有的在包饺子，有的在做大盘鸡，有的还在做凉面；有的在一起学语言，有的在一起说政策。总之，丰富多彩。我们下午是在邻居家吃的饭，去的时候饭已经做好了，刚坐定就端上来了。饭虽简单，但是内涵丰富。名义上是粥，实际上是羊肉汤煮大米稀饭，里面还放了黄萝卜和绿菜，关键是还有一大块没放盐的肉，色泽艳丽，营养丰富,发到朋友圈后估计馋死一帮人。一位朋友诗兴大发,写道:"红绿相间一碗粥,碎玉底下藏块肉。"我来个狗尾续貂,继续打油:"晚餐吃此最实在,只长精神不长肉。"

吃完饭转了一圈,顺便去串门儿,路上还碰到了一个小伙子的流动卖菜车,真是只要有想法,啥生意都可做。

自治区总工会马副主席下午到了,大家聚在亲戚家聊天。他给机关的小洁说:"让干部亲戚们到田间地头去看一看,了解一下庄稼的长势和施肥浇水等情况,也可以看牛羊是否洗澡,看看牛羊圈卫生,帮助清理牛羊圈。"

下午,小苏还发了一个迪里夏提担心自己亲戚的事。亲戚到山里找羊回来很晚,写得有点像史诗的感觉,充满着真挚的感情。

"翻过一座又一座小山,攀过一道又一道石岩,傍晚时分,就在一汪山泉附近,远远地看到几个白点,老人顿时开心起来,一天的疲惫和饥饿立刻抛诸脑后。"

九只绵羊,一只山羊,全都在!

老人一高兴,一路小跑回家,得赶快把好消息告知家人。

迪里夏提知道老人辛苦,早早备了饭菜,就等兄弟回来叙叙旧,解解乏气。

老人一到家,匆忙吃了点东西,赶紧过来看望哥哥。

兄弟俩两月没见了,生产生活、村里村外……有许多想法需要沟通,有许多话题需要交流。

迪里夏提的等候,等到了平安,等到了希望,等到了充满希望的明天。

最惦记那头牛

2018年5月18日,是忙碌而又充实的一天。

早餐是牛奶泡馕,农家味道自然不错。

早上在学校洗澡时发现自己被跳蚤咬了。这个跳蚤有一定的天文知识,留下的痕迹像星座,其中一组造型犹如北斗七星,北极星的位置都非常准确。本来约好和马副主席去看看牛羊圈、田地,工作队薄书记打电话来说,要为孩子们开展第二课堂,主要讲国学和书法,让我和他去喀什买笔墨纸砚和学习教材。

四年没有去喀什了,喀什的变化非常大,高楼大厦多了很多,绿化好了很多,最大的感受是有了很强的秩序感。

给喀什的朋友打电话,他们推荐了一家画廊。选字帖时很纠结,教孩子写字应该发扬个性,多选一些字帖,可惜村里没有老师，只好选统一的好教一点。还好在我的主张下多选了一些不同的字帖留着公用，可以供孩子们欣赏。又去喀什新华书店买书，合适的有《弟子规》《三字经》，最终选了注音版的《论语》。

去喀什之前和薄书记谈了一件事，我的亲戚海热拉在克州人民医院住院，回来以后我要去阿图什看他，从喀什返回时，专程去看望他。到医院的时候海热拉从手术室出来才一个多小时，正在输液，他的爱人阿依尼莎汗在陪护，84岁的老妈妈也带着重孙在病房，海热拉是肾结石发作，手术比较成功，和我说话问好时，躺在床上眼睛咕噜噜地转，估计麻药的劲还没过去。阿依尼莎汗这两天可能熬夜了，有一点疲惫。聊了一会儿，我给了一点钱表达了心意，他们说不收，我坚持放下了。老妈妈累了，在病房里铺了一张地毯坐着休息。我们的车空着，我就把老妈妈带回了家。80多岁的人啦，身体非常硬朗，不过还是需要搀扶一下，免得出现意外。我喊她阿娜（维吾尔语，妈妈），老妈妈高兴得合不拢嘴。

回到亲戚家，赶紧把昨天的稿子改了一下，7点钟又要开会。开会对我来说是好事情，又可以听到很多同事在亲戚家的素材。

下午大家聚在了村委会会议室，主要目的是了解这几天有什么困难需要协调解决。大家帮助亲戚克服了不少的困难，最近有的亲戚生病了，家里没有人做饭，城里的亲戚就自己去做。

农民工之家又有了创新之举，要开一个超市，超市不收任何租金，就眼前来说，可以解决两个人的就业，两个人可以带动两个家庭致富，现场办公优先考虑为民的年轻女亲戚。

亲戚家的晚饭很是丰盛，有送行的意思。除了大盘鸡、大盘鱼，还上了瓜子、花生和杏子、西瓜，关键是还摆上了一个电饭锅，这是创新的火锅，火锅旁边有豆腐、粉丝、蟹棒、蔬菜等。亲戚是真心待我们。这个小伙子已经是家里的主心骨顶梁柱。他的爷爷已经90多岁了，他希望老人健康长寿,他还在担心自己的儿子,希望他健康成长,将来有出息。

我们还惦记着他们家的那头牛。这是一头小牛,从巴扎上买回来以后就生病了。请兽医看了,开了些药,但治疗的效果不明显,亲戚说也不能抱怨别人把病牛卖给自己。

这两天小牛开始略微吃些东西,下午伊力亚斯的妈妈专门割了一点青草,我跟到牛圈,那个牛只是一闻,也不吃,伊力亚斯的妈妈不断叹息。我安慰她说,早上看到牛吃了草,还喝水了,慢慢会好的。吃完饭后我们又摸黑到了牛圈,牛还在那里站着,伊力亚斯掰开牛的眼睛,又掰开牛嘴手伸进去摸,给它喂了些药。做这些动作之前,伊力亚斯轻轻地抚慰那牛头,牛虽难受但也十分配合,看了让人非常动情。农村老百姓虽然喜欢养殖,但正如熟悉农牧业的马副主席所说,这里养殖的理念还很落后,这需要亲戚们或者是聘请畜牧养殖的专家去给他们讲课。当然,理念的改变不是一天就可以实现的。但在这里我看到可喜的变化是,亲戚们开始种菜了。村民每家都会有小院子,勤快的人把院子打理得干干净净。现在家家户户把房前屋后的院落梳理得整整齐齐,非常利索。有的种了果苗,有的种上西红柿、辣子、大葱、白菜,长势非常好,对于改善饮食习惯,增加农民收入,绿化美化家园,应该说都是一件非常好的事情。

孔子学堂开讲书法啦

　　早上告别了亲戚伊力亚斯家，到另一户亲戚家。在群里看到为民和马副主席去田地的照片，和他们约了一下我便去二小队，路上随手拦了一辆三轮车，农民很是热情把我捎过去。在半路上就碰见了马副主席和他的亲戚，他的亲戚是瘦高个的老人，走路感觉在摇摆。先去了亲戚新建的房子看了一下，房子的质量比较好，木工活是他的儿子干的，隔了一间小屋用作卫生间，马副主席要给他们配马桶和热水器，这样的东西配齐后，会立马改变他们的生活习惯。马副主席已经把钱打给了喀什的朋友，这两天就可以把马桶和热水器送到亲戚家了。见到了为民，我开玩笑说："马副主席今天'放血'了，晚上可能会说梦话'两千、三千'。"马副主席听了哈哈大笑。马副主席曾经在一个县上当过领导,对农牧业非常熟悉,在亲戚家的田地里,他看了一下麦子抽穗的情况,拿着一个麦穗数了数有35粒麦子,他说这个还算可以,但农民对田地的管理很是一般,这方面要加强。而在另一块麦田(不知道主人是谁)抬眼望去全是燕麦(野麦子),而作为主体的麦子夹在燕麦中委屈地生长着,这或许叫作植物版的"鸠占鹊巢"。马副主席自言自语地说:"一定要传授农田管理知识和农业技能。"

今天是星期五,是阿湖乡的巴扎日。同往常一样村民们放下手中的活去赶巴扎。赶巴扎的意义在于购买一些自己需要的东西,也可以把自己家的东西拿到巴扎去卖,小到几个鸡蛋一盆酸奶,大到几根木头一群牛羊,当然有的是会会熟人看看朋友,在巴扎吃上一顿饭,这或许是一种生活的乐趣吧。马副主席带着他的亲戚来逛巴扎,在巴扎里转了几圈,买了一些东西。多新请我们和亲戚喝了一杯冰奶,或者叫冰酸奶,冰酸奶大概是阿湖乡的特色。阿湖乡有一个水库,冬天结冰,村民从那里打冰埋藏到地下冰室,到夏天拉上一大块冰在巴扎上卖,或者在酸奶盆中放几块冰,任冰慢慢融化,一元一杯,味道很淡,唯一的感觉是清凉。今天的市场里有五六家做加冰酸奶生意的,从购买的人数看,生意还不错。

出了巴扎我们来到了一家饭馆,在这里吃了炒面、清炖肉和烤肉,应该是很丰盛了,亲戚感觉吃得非常好。

路过阿湖乡一家卖家电的商铺时听到几个人在跟着电视学唱国歌,进去一看,是三位女士在唱歌,唱完后又唱《没有共产党就没有新中国》。我说我给你们拍张照片吧,她们很大方,一边唱一边摆出了姿势。门口的一位美女也在那里唱,我给她们照相的时候她们还和我一起自拍。

溜达回去,路上碰见了很多熟悉的人。有尤喀克买里村前任村委会主任库尔班、以前的亲戚热西普、小胡子女队长汗尼克孜等,其中两位要记一下,一位是汗克孜的父亲,他拉着我的手不让走,要请到家里去坐一坐,他的女儿是我们的朋友,现在也去学习了,他可能有心里话要对我们说。走出巴扎时碰见了我在札记《零距离》封面的那个木匠木沙江。木沙江看到我就喊"李主任",发音肯定是卷的,木匠比原来胖了点,这次没有戴帽子,木匠的手劲儿很大,握着我不肯松手,我的手都被他捏疼了。他坚决要请我们去吃饭,见我不同意,他又约了过几天来家里吃饭。就在我们这次来农村之前的两天,木匠还给我打电话表示问候,木匠可能真的是想我们。木匠经过我的宣传,早都名声在外,应该说,这个木匠在党和政府的优惠政策下,日子越过越好了。

中午休息了大概半个小时,然后准备今天下午的书法课,还把新买的毛笔泡开了,托格拉克村的孔子学堂今天要开课啦。下午薄书记来布置会场,他们喷绘了一个孔子学堂背景,又做了宣传牌,搬来了30张桌子,铺上毛毡,摆上字帖,旁边放了毛笔和墨汁、碟子,一个学堂陡然而生。昨天还在想怎么讲孩子们才能接受书法,我用书法字典查找了"中、国、家、女、子"等字的真草篆隶写法,提前写在毛边纸上。农民工服务中心服务员见我写字围着来看,我就让她们也体验一下书法的感觉,一位叫努尔曼的服务员对写字非常有感觉,照着我写的写出了她自己的名字,写得厚实,遗憾的是忘了拍照片。她学得非常认真,应该说是对书法具有一定天赋的人,但愿以后能够教她们学习。

下午的开班仪式上,三到五年级的30名学生在老师的带领下全部到位,有序地站在桌子后,自治区总工会机关干部也来围观助阵。开班仪式非常简单,书记作了讲话,他说这是学习中华优秀传统文化,坚定文化自信、培育核心价值观的有效举措,愿通过学习书法、学习国学、学习中国象棋等,能够让孩子对传统文化有深刻的理解,增强对中华文化的认同。学校选了一些品学兼优的孩子来这里学习,希望孩子和家长们克服困难,坚持下去,办好这个学校。我也非常荣幸能够作为这个村孔子学堂第一讲的老师。

因为事先做了思考和必要的准备，讲课非常顺利。和孩子们互动非常频繁，给了我信心和力量。先前写的那些字此刻用上了，很直观地告诉孩子们，汉字的发展历程，让孩子知道一个汉字还可以有这么多的写法，以激起他们的好奇心。孩子们了解了汉字的基本演变，在很短的时间里认识了四种字体。最后一幅是"我爱祖国"四个楷书大字，我问孩子认识不，有的孩子不认识"爱"字，告诉他们这是"爱"的繁体字，古人造字是"愛"有心的，有爱心才会有爱。他们也了解了繁体字和简化字，我让孩子们大声读出这四个字，同学们大声念到"我爱祖国"，童声穿透门窗，传向远方。之后我又教他们执笔的方法、叠格子、蘸墨的技巧等，然后尝试开始基本点画的练习。

孩子们太多，忙不过来，请干部小李一起辅导。我在示范的同时也请略懂书法的同事去给孩子们指导。自治区总工会李副主席也是一位援疆干部，也主动为孩子们辅导。有的孩子领悟比较快，有的孩子不得要领，有的开始自由地去画，有的开始写自己的名字。我基本上检查了每个孩子的执笔和写字状态。我觉得第一堂课更应该是体验课，主要还是激发孩子的兴趣，我让他们写汉字，同时让他们写自己的名字。我也为部分孩子写了他们的名字，让他们照着去写，印象最深的是穆尼热，她把自己的名字写得非常好，天真而厚重，这个孩子对书法有一定的天赋。

我的亲戚撒吾尔的女儿古丽沙伊尔这次也被选中，她也在写自己的名字，还问我什么时候到家里去，我说明天去。我说我一定要把你的书法教好，她说"我会好好学"。

时间过得很快，一个多小时转眼间就过去了，大多数孩子们尽管还没有掌握基本的笔画，但是对毛笔的神奇还是很好奇的。总结时我问他们毛笔好不好玩，他们说好玩。我问他们有没有兴趣学书法，大家异口同声地说："愿意学习。"看到孩子们的热情这么高,我们临时决定明天继续开课。留了两个孩子做志愿服务,教他们洗毛笔、洗碟子、收毡子等。写字就是学做人,这些必须要做好。

今天的记录,基本就是这些。这就是流水账,如果不记下来,就像流水流过了也不会有太大的痕迹。

阿娜的心意更甜

　　在乡上吃完晚饭后我们到了亲戚海热拉家,因为海热拉住院了,家里只有80多岁的老妈妈和上幼儿园的孙子,不能再给老太太增添麻烦了。老妈妈隔壁是他的儿子,也是前村委会主任侠克家。我们来了,家里人很高兴,老妈妈很快端上了茶和馕,又盛来了抓饭,我们象征性地吃了一点。侠克过来陪我们一起聊天,海热拉家最大的特点是房子多,大且干净。

　　早上8点多来到老阿娜家,老阿娜在扫地,维吾尔语把妈妈叫"阿娜",我赶紧去帮忙,她不让动,我就帮阿娜捡了一下门前树沟里的垃圾,阿娜赶紧跑过来让我放下,又把垃圾箱用一个纸壳子压了起来,这样塑料一类的垃圾不会再被风吹飞了,又帮阿娜从院外打了两桶水提到厨房。

看见海热拉上中学的儿子正在牛圈忙活（平常住校），我跑了过去，他已经润湿好草料，我们把几筐草料提进棚圈，倒在地上，又提了一筐麸皮，拌好后分送给那些嗷嗷待哺的牛羊。

海热拉家门口有一棵桑树，桑树的主体是黑桑葚，仔细一看有一枝嫁接了白桑葚。黑桑葚发育很好，没有成熟的桑葚还低调地待在枝头上，成熟了的桑葚急不可耐地掉到树底下。落黑不是无情物，桑葚甜甜喂蚂蚁。我是非常喜欢吃桑葚的，见了就要摸一颗。阿娜从地上捡了，用嘴吹了一下递给我，我吃了说"好吃"，阿娜就叫来了他的孙子，孙子非常麻利，像只小猴子一样爬到树上，用脚踩了一下树枝，桑葚争先恐后落在了地上。地面早上洒扫过很干净，阿娜拿着小碗捡桑葚，我也拾起来放进了小碗，阿娜又拧开水管将碗里的桑葚清洗后把碗递给我让我吃。

桑葚真的很甜，比桑葚更甜的是阿娜的心意。

吃完早饭我们就回到了中心。

今天上午我还有书法课的任务。书法课后，孩子们得知第二天不上书法课，都很失望，我当即决定第二天继续上课。我问大家都能来吗？孩子们坚定地回答：能。

第二天，说好上午11点上课，不到11点孩子们齐刷刷地站在了自己的课桌前。孩子们铺纸叠格子，摆好纸笔，中心的服务员帮助倒了墨汁。学习之前，我让孩子用毛笔写了各自的名字，一是激发他们的兴趣，二是看看他们对毛笔的感觉，三是也方便我记住他们的名字。有五六个孩子写得蛮好，有的写得天真烂漫，有的写得还有一定厚重感，还有一些孩子把笔压不下去。我为孩子们示范、手把手地教，他们学得认真，我也很用心去教。上完课，有几个孩子围住让我写字，我让他们背诗，写好后两个孩子争字，一个说是他提议的，一个说诗是她背的，各执一端结果把纸撕成了两半，孩子们哭笑不得，我重新又写了各自背的诗，他们欢喜而去。

中心的几个服务员忙完以后也来体验毛笔书写,尤其是努尔曼,一说就明白,一上手就有感觉,一上午的时间很快就过去了。

下午到了亲戚撒吾尔家,去的时候古丽沙依尔正在练毛笔字。家里有一个折叠桌,她没有打开桌子,直接把桌板放在地上,人蹲在地上写字,看了让人又欢喜又心疼。我赶紧把她的折叠桌打开,桌子不高,放到她家的一个闲置的床上,高度刚好。她用的毛笔是上次我送她的一支新笔,字帖是楷书,孩子已经写了半张,但还不大得要领,我又给她做了辅导和训练,很快她就基本掌握了,让我感到非常的欣慰。

这次来一直没见撒吾尔的大女儿古丽哈伊尔,打电话后知道她在阿图什市干活,我想是找上工作了,今天才知道是在排练唱红歌,下周要去江苏昆山市。经过仔细询问才明白是去江苏的昆山就业,古丽哈伊尔嫌远不愿意去,她的妈妈也有点不放心。我们给她做了工作,告诉她这是非常好的事情,是人生中一件很重要的大事,若这次出去就会成为一名工人,又是集体组织,生活不用操心,可以开阔眼界,增长见识,学习技术,挣到工资,这是一个非常难得的机遇,如果不去会后悔的。我还给她和她的爸爸讲了几个阿图什姑娘出去上学就业创业的故事,坚定了古丽哈伊尔去昆山就业的信心。我还给古丽哈伊尔发了红包,祝贺她参加工作。

晚饭是汤饭,还有两块很扎实的煮肉。吃完饭以后我们去看撒吾尔新盖的安居房。出门时乌云密布,电闪雷鸣,山雨欲来。房子的主体已经盖好,这两天就要封顶。宅基地上围了一个院子,院子里规划了未来的房子,房子的钢筋骨架矗立着,像是春天种下的果树,假以时日会生根发芽结成花房来。

撒吾尔大哥爱喝酒,每次见面总能闻到一点酒味,他倒不是那种喝酒误事的人。我们一起聊天,又讲了女儿去昆山工作的好处。这次嫂子也在,撒吾尔见我们做通了老婆的工作,两只手竖起拇指,意思是我们的看法一致。古丽哈伊尔始终在旁边乖巧地坐着听我们说话。

这一天是星期六,孩子都在家。总工会亲戚们这两天忙着为孩子辅导功课,练习国家通用语言,阿孜古丽和古丽夏提就晒出了教国家通用语言的照片。朱燕还晒出了外力老师给亲戚孩子过生日的情景。点点滴滴,久久为功,大家都很用心用情。还有的亲戚顺便到自己的老亲戚家去看一看,最初结亲时有的亲戚是自己下乡所在地的,后来单位调整全部在托格拉克村结亲,但原来结下的亲情依旧,尤其是对孩子的感情更深。潮新大哥等几位同事跑到阿其克村,为亲戚送药,为孩子送去礼物。文洁还带着新亲戚和阿热买里村老亲戚的孩子到阿图什市提前过"六一"儿童节,三个小朋友吃了薯条汉堡,看了3D电影,这都是农村孩子的第一次经历,对他们来说都很新奇。

村 里 的 520

早上告别亲戚后回到培训中心吃早饭。走在路上看到两个小孩拉着行李箱出门,后面又跟出来城里的亲戚,亲戚们和孩子告别,让他们回去,两个孩子坚决不干,关键是还拉着行李箱竞跑,我真担心行李箱的轮子飞了。孩子把亲戚姐姐送到了中心,她们拥抱告别,看了也蛮动人。

10点整,按照新的分组和分工我们要到四个村开展工作。

我们四人一组要去格达良乡帕尔勒克村,这个村距离阿湖乡大概110公里。12点时司机来接我们,他开车很是平稳,路上念叨"我们不急,生命只有一次,汽车可以再买"。在一个加油站的服务区,石大哥提议买了烟和饮料,算是给村里同事的礼物。

下了高速进入306省道和乡村道路,近30公里曲曲弯弯的山区道路不宽却还平整。这里的山区颇有特色,类似于丘陵却是相对独立的许多个山包,像是大自然堆土玩,似乎又不满意,就掀翻了那些土包,形成了现在典型的天山褶皱。山上鲜有植被,山体略显红色,还是很迷人。过了一个山坳,远远地看见一片绿色的地带,司机说,快到家啦。他来这里专门开车不到两个月,已经视村里为家了。穿过林间小道,到了村委会门口,身着迷彩服的陈书记敞开大门迎接我们。村里同事已经准备好了午饭,两个菜四大盘:两盘粉条牛肉、两盘新鲜的洋葱炒羊肝,今天的主厨是工人时报社工会主席、监察室主任王主任,饭菜非常可口。

饭后参观了村委会的住处,住宿工作条件相对比较简陋、拥挤。我和石哥住在挂有交通劝导站的一间办公室,里面放了三张办公桌、两张床、两个铁皮文件柜,白天偶尔有人出入拿档案资料,这已经很好了。陈书记很是费心,为我们准备了干净的被褥,我的被子还有香水味呢。

下午我们去看亲戚,中午下过雷雨,天空中还有一些雨滴,淅淅沥沥,但并不影响出行。

村子并不大,绿树成荫,尤其是杨树长得非常高大,似乎比其他地方长得格外笔直。树上鸟儿在歌唱,道旁流水很清澈,正是沙枣开花季节,微风吹过花香袭人,这是一个恬静的村落。

阿尔帕勒克村位于阿图什市格达良乡北部,距乡政府35公里,是个以农业为主的村落。今年分成了两个村,北部山区的阿尔帕勒克村有五个村民小组,南部四五十公里外的平原萨依村有两个村民小组,陈书记会说一口流利的哈萨克语,对这里的大人孩子都很熟悉,见了小朋友也都叫名字打招呼。

路过一个商店,我们随陈书记进去,商店里挂了一盏LED节能灯,可能是瓦数小,昏暗了点。商品与农村小商店没啥差别,亮点是店里有一个大的冷藏展示柜，里面摆了一些串串，有蘑菇、香肠、蟹棒之类。旁边有一个电饭锅，应该可以随时弄麻辣串串，这就是饮食文化的魅力。

又到了一户人家，她家的房子是老房子，这两天一直在下雨，陈书记担心出问题。他带我们查看了每一间房子，83岁的老太太也跟在后面。他们把新房让给孙子住了，陈书记劝他们早点搬到新房子。

又来到买吐地·卡地家，老太太生病骨瘦如柴，两人在屋外的炕上休息。我们一行中迪里夏提既是工人疗养院的领导也是一位大夫，他给老太太号脉，问老太太的情况，初步判断是胆管结石可能并发胰腺炎，同时营养不良，建议到克州医院认真诊疗。老伴下炕进屋拿出了药箱，药箱里有前一阵老婆住院的凭证，但是关键的诊断病历并没有。老汉又从房子里拿出了一些药，似乎和老太太的病并不对症。还有一罐是蛋白粉，迪里夏提说这个可以吃。老伴又拿出了西瓜，切去了小半角，我们说天气凉就坚决推辞了，临走的时候老伴说喝刨冰，陈书记说天气热的时候我们再来喝吧，大家都笑了。

5月20日，本是个很平常的日子，但这个日子却实实在在是我们工作组小新的生日。大家为他煮了新鲜的格达良羊肉，还专门在格达良乡里买了一个歪歪扭扭写有"小新生日快乐"的蛋糕，我们一起分享他的生日祝福。生日会上，大家一起聊了很多看亲戚的故事、村里的工作情况。

真正的"铁木尔"

一大早，陈书记说这里的"雨季"到啦。今年前几个月一直干旱，这次降雨对缓解旱情有很大的好处。早上起来的时候雨还在下，下得还不小。司机师傅开车送了格达良乡小学住校的高年级学生。学校离村子有40公里，这也是工作人员为村民办的一件实实在在的好事。

今天是星期一，是村委会升国旗的日子。村民们对升国旗已经是风雨无阻。10点整大家在院子里整齐列队举行了升国旗仪式。工作人员很细心，在院子地上画了标记，如同围棋盘，只要站在点上就可以，只是今天天气特殊，村民穿得比较别样，有的披着塑料雨衣，有的披着地膜，但这并不影响村民对国旗的崇敬感。升旗仪式结束后大家开始开会，村干部宣讲、村民代表发言，会上安排了降雨防灾的事儿。

中午12点时雨几乎停了,我们出门时碰见了格达良乡一位领导,他说路上全是泥巴,别出去了。陈书记带我们看了买买提·伊明老人家,他家的门口有点低,积了一些水,需要踮着脚走路,就这样仍然少不了踩上泥巴。这个老人患有比较严重的哮喘,迪力夏提院长给他看病,问他吃药情况。老人家说,每天吃呢,说着就把药拿了出来,老人家腿有点抽筋。陈书记摸了摸他的腿,又给他按摩了一会儿,老人美滋滋的,我看了心里也热乎乎的。迪力夏提告诉老人,他把药吃多了。迪力夏提说用药量有点大,会产生痉挛,就让他减量。陈书记说这个药是他从乌鲁木齐买了给老人的,"已经送了四盒了,老人把我当儿子了。"我查了一下一盒240多元呢。陈书记说老人身上有钢板,说完请老人站了起来,掀起衣服给我们展示,迪力夏提摸了摸,说硬硬的。陈书记开玩笑说老人应该叫铁木尔("铁"的意思),一听说这是真正的"铁木尔"把老人高兴得哈哈大笑,然后就又喘又咳。这位老人实际年龄87岁了。就在我们说话的时候,一位党员来这里串门,看老人有没有什么要帮忙的,这也是党员联系群众的一种方式。老人耳朵有些背,可能是在矿山干活时爆破的声音把耳膜震坏了。陈书记说党和政府对这些老人都很好,有老年人的补贴、"四老"人员的补贴,还有低保,他们生活过得还不错。

说话和看病的时候,老人的爱人去烧茶了。过了一会儿老太太端茶过来,请我们喝茶,陈书记说就不要推辞了,要和村民们打成一片。

老人的院子里有两棵很大的桑树,因为向阳,少许桑葚已经熟了,这两天的雨把桑葚洗干净了,也不用去吹灰,我们直接采摘桑葚品尝了一下。

陈书记说老人腿脚不方便,骑一个小毛驴代步,老人骑毛驴的动作非常利索。我们出门的时候看见老人的"宝马"——那头小毛驴在圈里吃草。同事小石知道我会学驴叫,让我和毛驴对话,我叫了一通,估计语言不通,毛驴并不理会。

下午大家想吃青菜,我们去哈拉峻乡买菜。出门的时候又下雨了,道路泥泞。

晚上小石大哥做了大盘鸡。

饭后,我和陈书记参加了格达良乡的例会,会议结束时主持人说今晚有暴雨,请各村做好预案。这个提醒特别及时,陈书记立即布置。我觉得村里的所有情况都装在他的脑子里,他既像高德地图,又像云计算中心,防洪这个关键词一输入,哪个小队、哪户人家有潜在风险,全都呈现出来,谁家房屋靠近泄洪渠,谁家的田地可能被淹,谁家棚圈地势较低防止洪水倒灌,一连串说出了五六处,然后又布置了防洪应急人员,连机械设备都做了预备。

今天的夜校是宣讲政策。我看到一位女孩拿着教材练习国家通用语言,她的名字叫司比努尔,是一位裁缝,上到五年级就辍学了,后来学习裁缝手艺,现在开了裁缝店。她的国家通用语言不错,还帮着干部做翻译,我让她写名字,她写了"我的名字司比努尔",又主动写了一句"我的家乡很美丽"。字写得还不错,但我看她写字的笔顺大多都不对,又看了下他们的教材,有拼音和笔画,只是缺少了写字笔顺训练。

国家通用语言文字为他们打开了一扇窗

　　到格达良乡帕尔勒克村已经三天了,雨时断时续,不过今天的雨比昨天小了些。早上吃饭的时候陈书记还在琢磨怎样让这里的农民尤其是青年农民致富,还在琢磨让农民接受技能教育、产业项目的事情。晨会之前,他把一个移动的音箱拉出来放第九套广播体操,不到一分钟就有十多个人集合在院子做操了。空气湿润,天空偶尔飘着雨滴,地上也有雨水,大家呼吸着新鲜空气,一套广播体操下来有难得的舒畅。

　　我参加了晨会,大家汇报各自工作。预报的暴雨似乎已经过去了,早上干部太来提绕着村子走了一圈,对昨天晚上说的重点防洪部位看了一下,尤其是那个有标志性意义的苏洪桥,水位并没有超警戒线,他们预判的一些人家也平安,只是有的房屋漏水了,这让陈书记放心了一些。陈书记说,警报尚未解除,连绵的阴雨会渗泡土木结构的房屋和羊圈,还需要大家关注。一位村干部说:"我们要学习太来提哥的精神,多到农户家看看。"陈书记听大家的汇报后对防洪要点、防护人员再次进行了分工,作为防洪总指挥在落实责任分工的基础上,对后勤保障再次作了要求,并安排人员通知有挖掘机和铲车的人家把油加好,随时应对突发情况,防患于未然。

今天很高兴的是,听到学校招聘四名保安的事已经有了人选,其中一位是妇女。倒班上15天班,工资也不算低,算是一份不错的工作了。

开完会后我们就去亲戚家。连着下了几天雨,有的路段很泥泞,阵风吹过高高密密的白杨发出了如同潮水般的声音,身体感觉有点冷,同事们都穿着毛衣。

我们去的第一家是晓霞老师的亲戚,家里有一位女人带着一个孩子,她说老人眼睛得了白内障在阿图什住院,我们了解了治疗情况和费用,她说都没有问题。当让她在工作单上签字时,她是用国家通用语言文字签名,字写得还不错,这是今天的一个亮点。国家通用语言文字的普及必将为他们打开一扇希望之窗幸福之门。

晓霞是工会干部学校的讲师,她是今年才下乡。她从包里掏了糖,那个孩子拿了过去,他的母亲告诉他要说谢谢,晓霞老师又给他一颗,让他给弟弟吃。

出门后我们穿过一条岔路来到了阿不力孜家,他们家离山很近,在我印象中是陈书记所说防洪需要重点关注的一家。他家房子表面看盖得不错,但是家里漏雨很严重,炕上和地上放了很多盆盆罐罐在接房顶漏的水,女主人一脸犯愁的样子。他们家门口是一片田地,远处是树林,视野开阔,风景优美,自己还种了一点菜。

出门后,在一条小路上,碰见了一个女人带着四个孩子,孩子们五六岁,每人手里拿了一朵正在开放的刺玫花,味道很香。沙合木古丽从包里拿出糖,给孩子们一人一颗。真是投桃报李,一个孩子把鲜花给了她,其他孩子仿效,都把鲜花递给了沙合木古丽,那一幕很美,被我抓拍到了。沙合木古丽是哈萨克族,是我们单位的会计,她的业务水平给我留下了很好的印象。下午到一家开商店的人家,孩子见面向沙合木古丽说"看皮特",意思要糖吃,他们却从不拿自己家商店的糖。除了送糖果还有一招也管用,我见了小娃娃说"奥马克"(可爱),孩子开心主人高兴。

我们又前往最远的几户人家。一条混凝土路把一片草场隔开了,这个路修得很好,路边风景也优美。在小山坡略高的地方有户人家,他家有一座水磨。我看到旁边的水渠里几乎没有水,主人打开磨坊,让我们看了一下,房子漏雨,地上积水不少,显得潮湿和泥泞。水磨像古董一样摆在那里,尤其是磨盘显得粗糙而古朴。主人说主要是磨小麦和苞谷的,这两天发洪水了就没有用。据说主人的儿子是一位木匠,门口有一套简易的切割木头的电锯,旁边是个茅棚,既有现代工具的感觉,更有沧桑感,感觉是现代艺术家的装置作品,不过比艺术家造出来的更自然些。

我们进到老人居住的院子,房子比较讲究,搭了凉棚,只是上面的枝条和木板并没有挨在一起,漏风漏雨,下面还有几根木头柱子支撑着,柱子非常细。在屋檐拐角处还有一些雕花装饰,显示出主人的情趣。在另外一户人家,土房子经过几天大雨已经开始漏水。还有一户人家,院子放了个洗衣机,从里屋接了电源,线是经过二次接长的,连接的部分包得不严实,刚好搭在铁丝上,一旦出现打火就可能引起火灾,非常危险。迪力木拉提把线拉了过来,告诉女主人这很危险,要当心。

回来的路上风很大,那些田园风光很是勾人,边走边拍照片,今天是阴天,如果是蓝天白云的话,拍出来会非常美丽。

走在路上有一点冷,刚好村上车来了,把我们捎回了村委会,汽车开着暖气,车内十分暖和,我们冻僵的手终于得到了缓和。

最美的读帖照

2018年7月7日下午,我们飞到了喀什,然后坐汽车到阿图什农村。

快有一个月没有来了,这里的变化非常大。乡政府门口的基础建设已经完成,临街开起了汉堡火锅茶馆,这不是三个店,而是一个店的名字,感觉很是高大上。阿热买里村路上还有一些用布围起来的简易包厢,最早还以为是路边的厕所呢,后来明确那是"包厢",一些勤快的农民利用晚上空闲的时间,搞些烧烤啤酒,挣一些额外的收入。

大批同事于前一日坐火车在今天上午也到了农村亲戚家。走在托格拉克村的路上,满眼都是看亲戚的同事,有的背着行李提着给亲戚的礼物行色匆匆,有的已经落脚与亲戚结伴而行优哉游哉。

晚餐毫无悬念的是汤饭和花卷,不过味道还是很可口。饭后随同事宝荣去了他的亲戚家。宝荣是个非常有心的人，他给亲戚的三个孩子在阿图什市买了新衣服，上一次在春节时给每个孩子买了一件羽绒服，这次选了夏装，参谋是他的助理额尔登塔娜，一位蒙古族女同事。自治区总工会非常重视，知道他们压力大、缺乏工作帮手以后，党组研究决定为他们配了一名助理，助理们大多是去年遴选到总工会的干部，都有丰富的基层工作经验。

到宝荣亲戚木沙江家，家里没有大人，小女孩正躺着休息呢，见到宝荣叔叔来了揉着眼睛激动地从炕上跳了起来，上去拥抱。孩子很是朴实，脸晒得有些黑，她今年考上了伊犁师范大学，听说她的父母有点不想让她去上学，她非常聪明，给宝荣叔叔打了电话，让他给父母做工作。她的父母听了宝荣的劝说，同意送她去读书。我们临走的时候孩子的妈妈回来了，看着女儿穿了一身漂亮的衣服，乐得合不拢嘴。我告诉她宝荣给三个孩子都买了新衣服，孩子的妈妈高兴得一直说着感谢的话。

我们又来到了额尔登塔娜的亲戚家，她的亲戚是一位老妈妈，老妈妈不在，儿媳妇在家，见塔娜来了非常热情，很快就把茶端上来，茶碗里放了冰糖，又从冰箱里拿出了冷藏的馕，她的女儿忙着取干果。

单位在这里召开一个推进会议。自治区总工会党组成员都来了，主要业务部门的负责人也参加了会议。把会开到农村开到一线，在自治区总工会已经不是第一次了，这确实是转变作风的一种表现。

吃完晚饭以后我给亲戚的小姑娘迪丽胡玛尔发了微信，让她骑摩托车接一下我，因为单位统一安排，要给亲戚送米和油，我自己本身又带了一些东西，东西多，去亲戚家不方便。孩子很快回了微信，不一会儿就来了。

迪丽胡玛尔是一位在校大学生，长得很漂亮。本来想让她把东西带过去就行，孩子邀请我坐上车。没走几步，才知道前几天下雨把路冲断了，我们要绕着走，幸亏有摩托车。迪丽胡玛尔很熟练地骑着摩托车把我带到了家门口。

进了院子，看到阿依尼莎汗正在擀面，和我们做法不一样，她的那个案板是一个长条形的，大概不到20厘米的宽度，很窄很长，下面铺了桌布。阿依尼莎汗动作熟练，移动很快，仿佛是魔术师，一张薄薄的直径一米多的面擀成了，然后她熟练地把它切成宽条，过了一会儿一盆飘香的捞面条出锅了。

迪丽胡玛尔说这是专门给我做的，家里人一直在等我呢。海热拉放羊也回来了，一家人围坐在院子里的炕上吃饭，我是吃过饭的，晚上要节食，让阿依尼莎汗少盛一点，像是自家人了，阿依尼莎汗让我自己盛。味道特别好，真的后悔在食堂吃了饭，甚至后悔自己盛少了，可是真的不能再吃了，一直在抗拒勾人的美味。我始终认为，阿依尼莎汗是村里做饭最好的，没有之一。

吃饭时，老妈妈的大儿子侠客也来了，我们边吃边聊。家里人非常客气，不仅上了茶水，还切了西瓜、甜瓜。吃完饭，稍坐了一会儿，就听到拖拉机的响声，然后熄火停在了门口。亲戚们去门口装小麦，一袋小麦有百十来斤。我爬上麻袋山，提了两下，发现根本无法搞定，拍了几张照片，天有点黑，拍得不大清楚。我进来写了一会儿稿子，迪丽胡玛尔洗完锅碗，坐下来跟我一起聊天。孩子正在上大学，学的是护理学，到明年三月份就要去实习了。孩子说尽管专业课很忙，表示还要学书法，我给她拿了字帖，她很感兴趣。她说，村里办了孔子学堂，她也报名了。她从电视和微信分享中知道了我讲了第一课。她问我书法都有哪几种字体，刚好手机里存了不少书法照片，又指着几种字体给她作了说明，让孩子有了直观的印象。她的手机上下载了讯飞语记，我把那几个字体读出来写在了她的记录上，然后她翻起了字帖，我用相机拍了几张照片，那时候感觉这是一张最美的读帖照。

我是走亲记录者

2018年7月8日，上午召开工作推进会，主要听工作情况。听得出，工作成效很大，困难和压力也很大。

中午吃完饭，看到孙勃提着东西要去亲戚家，我立马跟了上去，孙勃的亲戚就在近处。

当时天空无云，炎炎烈日，几分钟就把人晒得头皮疼。到亲戚家门口时闻到了饭的味道，我说肯定在做韭菜合子，进屋一看男主人正在吃韭菜盒子。孙勃和他的亲戚实际上是2014年下乡时结下的友谊，当时小伙子常带着两个孩子到村委会去玩，孙勃和大人孩子一起处得非常好，从此成了亲戚，孩子叫他孙勃爸爸。孙勃给孩子买了滑板，还给两个小朋友一人买了一套新衣服。小家伙穿上了新衣服，然后踩着滑板去玩，看着非常可爱，抱着孙勃说这说那，感觉很是温馨。男主人在阿图什上班，并不善于言谈，只是在一旁憨笑，他的媳妇忙着切瓜泡茶上干果。两口子日子过得很好，房子盖得也很有特色。

随后，我们又去一个老太太家，这是孙勃的亲戚，一见老太太就亲热地拥抱。孙勃听说她前几天住院了，给老太太100元钱，老太太激动地哭了。老奶奶今年73岁，曾经是一位舞蹈演员，至今身材保持得很好，人很清瘦，很是灵活。在院子里孙勃说起这件事，老太太立即手舞足蹈跳了起来，孙勃也配合互动，我抓拍了这动人的一幕。

下午接着开会，主要是王书记讲话，他讲得很好。王书记来之前突然腰疼，走路需要拐杖，坐了一天又进行讲话，真是难为他了。开完会已经是7点半，匆匆忙忙吃完饭，看到柯尔克孜族亲戚女儿古丽哈依尔打了三个电话，由于手机当时在做会议录音没有接上。又留言说，她知道我过来了，问我为什么还没有到家里去。

我给她回了电话，告诉她，方便时骑摩托车接我。不一会儿她就到了。古丽哈伊尔已经长大了，脸上长了不少青春痘，看了让人心疼，她有一些重感冒，就这样骑摩托车把我接到了家里。嫂子照样是大嗓门，见到我特别的高兴，问我"都好吗"，小女儿古丽沙伊尔和我打了招呼后羞涩地站在一旁，不过比原来已经熟悉多了。古丽哈伊尔给我端茶倒水，嫂子张罗着要做拉面，我告诉嫂子，不吃饭了。她不愿意，又让我下次把孩子带过来，还说："把家里的爱人和孩子介绍给我们，认识一下。"见我不吃饭，问我喝不喝酸奶，酸奶是我的最爱，到亲戚家自然是要喝一点的。古丽哈伊尔盛了一碗发酵恰到好处的酸奶，奶皮子非常醇香。聊天的时候又来了一位亲戚，他领着一个孩子很是好玩好奇，我们说了一会儿话。古丽沙伊尔期中考试考得不好，情绪有点低落。我告诉她，不能因为一次考试没考好就泄气，关键是现在要努力做好就可以，她听了开心地笑了。她兴奋地说："我也可以去北京了。"原来自治区总工会近期要组织村里学生去北京夏令营,她也幸运被选中了,她对即将去北京很是期待。

又让古丽哈伊尔把我接送到了农民工之家,下车后,她说:"哥,你等我20分钟,我送些杏子过来。"我想了一下,他家的杏子已经没有了,她要去邻居家摘,没有必要。孩子很是执着,最后我还是坚持了。回到中心,我的同事闫玮和刘照要看亲戚,我跟着他们一块去。计划去的一小队比较远,他们提的也是油和米。看到门口停了一辆车,农村最大的好处是人朴实,一说什么大概都能商量通,那辆车的主人很乐意送我们过去,他开车非常熟练。

两户亲戚家里都没有大人,我们把东西放下了,给孩子说,晚上还要过去。回到中心,又跟着李主席去了他的亲戚家。这是村上的一名保安,他的妻子在家,我们去的时候,家里还有他的另一个亲戚,在另外一个乡当老师,那个老师非常热情,主动向我们介绍情况,要留我们吃饭。他家孩子告诉我们,他去年参加了自治区总工会组织到北京的夏令营。他说:"感觉太好了,来到首都,那是原来在梦里想见到的,心里非常的激动。"这是最好的教育,心向天安门,心向北京。又去了一户亲戚家,是柯尔克孜族,李主席给两家的孩子带了笔、食品,给大人送了电热水壶,当然米和油都有,各种礼物也算考虑周到。这户亲戚的孩子也将去参加夏令营,孩子满心期待,终于可以去看北京首都啦。

从这个亲戚家出来天已经完全黑了。手机响了一下,我的亲戚女儿迪丽胡玛尔发微信说:"李叔,你怎么还不过来呢。"昨天说好的今天晚上要到她的家里看看。十来分钟我们就到了亲戚家,海热拉赶紧接过东西,把我们带进了院子。坐下以后海热拉的爱人要做饭,我拒绝了。不能再麻烦他们了,本身我们是吃过饭的。他们很是过意不去,又切了一个瓜,紧接着又让迪丽胡玛尔到自家的小商店端了一盘子各种各样的饮料。我们就坐在那聊天,阿依尼莎汗"抱怨"说来家里也不吃饭,不像是在走亲戚。我告诉他们,这两天工作实在是太紧张,以后来吃饭。

我们和大人聊天也和孩子聊天。李主席问孩子有什么困难,可以跟我们讲。他们说,现在生活很好,党和政府关照得非常周到,生活也很好,没有什么困难。我们邀请迪丽胡玛尔到单位做客,阿依尼莎汗说把迪丽胡玛尔交给我们了,以后可以在乌鲁木齐找工作。此时此刻,我们坐着聊天非常温馨。

今天的夜晚迷人极了,繁星闪烁,虫子鸣叫,我用新下载的采蜜语音识别软件写了此文。

难忘除夕夜

　　下午去了我的亲戚撒吾尔家。亲戚的旧房子里还生着炉子,他和嫂子正在说话,撒吾尔喝了一点酒,见到我非常高兴,接了礼物,撒吾尔让我去新房子看看,我知道他们已经搬新房了。距离新房大概不到500米,我坐着撒吾尔的电驴子到了新居。房子里炉火正红,感觉也很温馨。给古丽哈伊尔送了压岁红包,又跟他们一块儿合影留念。撒吾尔每次都会说,亲戚好,真正的好人,你好我好。还会说,共产党好。他让我在这里留宿,我说不了,也没有时间在他家住,撒吾尔真的有点不高兴啦,我给他再三作了解释,话多了说不明白,他女儿又在一旁解释,听后他也就高兴啦。晚上他还打发已经在城里就业的女儿古丽沙伊尔给我送了一箱干果,里面还有一瓶果酱呢。干果很甜,比干果更甜的是亲戚的心意。

返回到东新的亲戚家,女主人今年26岁。等饭吃的时间东新给其中的一个孩子教国家通用语言,那个两岁多的孩子非常聪明,教1、2、3接着数,孩子说1、2、3、4,东新也很幽默,说你现在都会抢答啦。还教了眼睛、鼻子、耳朵、嘴巴等五官的读法,有的几遍就能够准确发音。一会考试的时候,孩子又全忘光了。不过这依然是很好的现象,至少学习的时候还是很专注和认真。

腊月30日,农历狗年的最后一天,也是新一周的开始。早上在托格拉克村委会集合,先是举行了升国旗仪式,然后由一位返乡女大学生发言,她讲得声情并茂,最后是隆重表彰各个先进,还给前天参加各类文体活动的50名优胜者发放了奖励。受到表彰的人戴了红花,除了荣誉证书,还有一个特殊证书——上面写着精饲料一袋;参加足球比赛的冠军发的是统一的服装,有的是羽绒服。

表彰结束后,举行了迎新春联谊活动。

返乡大学生表演的《新年快乐》拉开了联欢的序幕,他们的表演朝气蓬勃,喜气洋洋。艾斯卡尔·吐尔地朗诵自己写的诗歌《感谢村干部》,但其表演的真情、大方和艺术感染力让我觉得上央视舞台都可以。女干部们表演的舞蹈《天天向上》活力不减返乡大学生,村民自编自演的《托格拉克是个好地方》、舞蹈《齐曼扎尔》引得大家连连叫好。虽然是农村的联谊会,小品节目少不了,村民还表演了一个《懒汉致富》的小品,现场掌声不断;服装表演《时装秀》将联谊会推向了高潮。欢快的音乐响起,亲戚们表现得最为大方,不用谁请自己上台跳舞。我正在欣赏时,亲戚的女儿迪丽胡玛尔过来邀请我进场跳舞,我是五音不全四肢不调,又挡不住小姑娘的邀请,于是搬开桌子舞动一番,真是后悔平常舞功太差,此刻也最羡慕刘副主席的大方,可以与亲戚对舞一番,干部们和亲戚们翩翩起舞,吸引了全场人员的热情参与,整个活动欢声笑语。

观看完联欢会，让人感受到这里的村民精神面貌很好，丰收的喜悦、致富后的喜悦，对党和政府的感恩都能深刻感受到。

联欢会后我们在餐厅有一个简单的团拜，自治区总工会陈书记给大家拜年。他说，2018年，大家成绩突出，希望大家新年更上新台阶。其中一个环节让人难忘，陈书记提议大家每天晒一下他们的微笑照，这是减压和调整状态的好方法，于是在工作群里每人展示一张自拍的笑脸，领导让我们用尖叫评出了那些最美的笑脸。其实都很美，奔跑的人很美，奋斗的人很美，为了百姓忙碌的人最美。

晚上和村民亲戚共度除夕。单位临时分了几个组，在有条件的村民家里聚会，一起炖肉炒菜包饺子看春晚。在亲戚家，为了看春晚，亲戚专门把电视移到了客厅，亲戚乐呵呵地看到这么多城里的亲戚，忙前忙后，颇为殷勤。众人动手，光饺子馅就有三种，包饺子也很快，尽管样子差别很大，但吃起来味道都是很好，立新很幸运，吃到了包在饺子里的糖；老斯的大盘鸡味道很足，秀萍红烧鲤鱼大家赞不绝口，高欣还弄了个火锅飘香，炒菜也不少，只是亲戚家只有一个锅灶，间隔时间稍长一点。几位领导也客串了一下，给亲戚和大家拜年祝福畅聊，晚上尽是欢声笑语。立新感慨地说，40年第一次在农村过大年三十，而且是与自己的农村亲戚团聚，十分难忘。

那天晚上，尽管没有城市灯光秀，没有震天的鞭炮声，但我们度过了记忆深刻的除夕，过了今夜就是新年。大家都在记录，大家都在珍藏，那一夜，我们也集体诵读了干部北平写的诗歌，因为他写出了我们的心声。

水泥需要休息

2019年5月24日，我们从乌鲁木齐坐火车到阿图什阿湖乡托格拉克村走亲戚。火车晚点了，8点多才到，但在这里还是很早的，天才麻麻亮。

这两天下雨了，天气有点阴，感觉不是很明亮。乡村已经郁郁葱葱，一派夏季的景象。

在农民工培训中心洗了澡，我和玉山、迪里夏提三人一组，商量后先到二小队玉山的亲戚家。亲戚家条件还可以。今天是星期六，上高中的孩子在家。玉山特别自豪地告诉我，亲戚家是村里有三个大学生的家庭。我后来确认两个大学生是货真价实的，这位成绩很好才上高一的同学是被"玉山大学"提前录取了的。亲戚家准备了杏子，端上了各种水果。

中午吃拉面时我们说要帮亲戚干活,我们知道主人正在外面修厕所呢。因为上午我们问厕所在哪里,亲戚不好意思地说还没有修好。既然没厕所,我理解外面隐蔽处就是厕所了。我们提出帮助修厕所,亲戚说不用了,不需要帮忙的。下午我们换了衣服出去干活,的确有一点出乎主人的意料。厕所是主人脑海里设计的,也不需要什么图纸,我们帮助搬水泥和砖,铺了几层,亲戚说不用干了。他以为我们是要照相,当然相确实是需要照的,因为我们也想留一些资料。迪丽胡马尔拿着手机照相,还主动要我的手机给我们拍照,拍照后她说我们可以回了。可是我们并没有回,我们又帮着一块儿砌砖,又从不远处装了两车砖推了过来,主人说那些水泥需要休息(凝固一下),利用"水泥休息"的时间我们把所有砖运了过来,然后接着和泥铺砖,厕所围墙约有半人多高,这个活算是基本干完了,大概干了一个多小时,也基本上是大汗淋漓。

下午,我们去了五小队迪力夏提的亲戚家。迪力夏提的男亲戚是维吾尔族,女主人是柯尔克孜族,在打理家务。她家的房子在五小队的最尽头,说起来很是偏僻了,后来我发现是在更偏的元程的亲戚赛买提的隔壁。偏远有偏远的好处,他们家没有院墙,只是一栋盖好的房子,地面也没有硬化,用铁丝隔了一下便是一个院子。

坐在她家的炕上,依窗而望,托格拉克水库尽收眼底,湖光山色,美不胜收。室内光明整洁,墙上有宣传画叫感恩墙,又贴有光荣证书,上有多种民生项目。

女主人很是勤快,把家里收拾得非常干净利索。卧具也干净,如同星级宾馆,房子里有卫生间、热水器。不过那个卫生间的设计还是有问题,下水直接通到铁丝围墙院子外的化粪池了。

晚饭后,我们在路边遛弯,碰见了几个放学回来的孩子,他们在路边一棵桑树下吃桑葚。孩子们很热情地喊我们过去,我们也学着孩子的样子，直接从树上采摘，因为缩短了供应链，从树到手直接进口，吃了一顿超级鲜美的桑葚。

山雨来时风满村，风雨过后皆浮尘。第二天起来，原本还想看湖光山色美丽的日出呢，但由于昨天晚上下了雨，又刮了风，结果天气阴沉，关键是还有浮尘，美丽的日出湖山成了自己的想象。早餐后我们去二小队，玉山的亲戚家昨天说好了，今天要做大盘鸡。

玉山走路慢，我们背着包走了近一个小时，中间碰见了工作队的同事，他开车把我们的行李带走了，路上有很多小朋友过来主动打招呼。路过一家门口，一位老太太正在与儿孙玩耍，孩子见我，跑着过来递杏子，让我们非常感动。

这次看亲戚，我在村小学上了两次书法课。虽然条件有限，但孩子们热情很高。原来买的毛笔被瓜分了，墨汁也用瓶盖来盛。还好，孩子们有学习的兴趣，有几个孩子学习非常认真，那个老师直接把后面他的课改为书法课，所以临时又加了一节课。上完课，带领孩子洗毛笔时，一位小朋友还主动亲了我的脸，当老师的幸福感瞬间满满。

一切都在变化中

　　2019年9月6日,我们乘坐火车到了阿湖乡托格拉克村走亲戚。时维九月,序属三秋,正是成熟的季节,路两边的树上挂满了果实,有沙枣、苹果、红枣,等等,一派春华秋实的景象。农村变化很大,新建的工厂、新盖的房屋,不时穿梭来往的汽车、农用车显得繁忙而有序,农民的脸上也洋溢着收获的喜悦。

　　第一天我们去了朱燕的亲戚家。这是一户柯尔克孜族村民,女主人是农民工服务中心的服务员,是拿工资的人。她家房子属于富民安居房,很是宽敞和明亮。中午她用半个小时的时间做了抓饭,还有一盘凉菜,不是传统的皮辣红,而是拌三丝,味道非常可口,这是我在村里吃过的最香的抓饭。第二天早饭,她蒸了花卷,还拌了两个凉菜,味道和农民工服务中心食堂的颇为相似，甚至更好，说明这位服务员学到了大师傅的手艺，深得凉拌菜的精髓。她说，自己一边在看，一边在问，一边在学。第三天的早餐是炸油饼和油条，油饼炸得很好，油条有一点不成功。早餐依然是稀饭，还烧了一壶奶茶，味道醇香。亲戚家大都有了餐桌，与原来确实有所不一样啦。那天建刚还请我们在阿热买里的创业园吃了一顿丰盛的午餐。为啥今天说这些吃的呢？小菜小吃中可以感受亲戚的生活习惯在改变呢，这就叫见微知著，民以食为天，饮食习惯改变自然也是天大的事。更有意思的是在乡政府附近看到一个超级店名："迪力都斯汉堡火锅美食茶坊"。

这次来村里还有很多点点滴滴的变化：农民工服务中心的院子里已经硬化和绿化，安置了很多体育器材，晚上有村民锻炼身体。村民夜校传出琅琅的读书声，村民们争先恐后地发言，与台上的老师互动；走在路上，孩子们跟我们热情地打招呼，原来只说"你好"，现在都会叫一声"叔叔你好""阿姨你好"，听起来让人亲切和自然，所有的努力在润物无声中得到了生长。

村里的超市也比原来的物品丰富多了，而且也接受微信扫码支付。从这里买了东西给村民亲戚送，也觉得很有面子，我已经买了好几个台灯、文具送给孩子们。

村里多了很多致富的门路，一些工厂在这里运转，吸纳了很多就业人员。这里面既有政府资助的项目，也有民间投资的项目；既有勤劳村民自己创业的项目，也有饭馆酒店这些传统的项目。那天在亲戚家吃晚饭后，其他同事约我们去文化广场夜市，说他的亲戚开了饭馆。饭馆是工人疗养院原军的亲戚斯迪克开的，斯迪克是农民工服务中心的厨师，下班以后给自己打工。托格拉克村的创业园有几间门面房，租给了有能力的农户做餐饮等服务。斯迪克曾经在乌鲁木齐开过餐厅，他的餐厅布置得很有特色。原军对亲戚颇为用心，知道他开夜市以后，从乌鲁木齐买了一些相框和装饰画，又买了30多米彩灯挂在了外面，夜幕之下，彩灯闪亮，很是招眼，餐厅内是酒吧的样子。门面房外面围了一条超大的L形隔墙，里面又分为几个隔挡，也算是雅座了，这也算是正式开业了。今天开门红，除了我们这一桌来了好几批人，外面的隔挡也坐满了。那天晚上大家吃了凉拌黄瓜、花生米以及烤肉，说着各自的见闻，我觉得这也是一种亲戚间的交流，我们和不同部门、直属单位的同事有了很好的交流，亲戚与亲戚也进行了很好的交流。

麦西来甫跳起来

　　2019年9月10日,凌晨一声惊雷后便是暴雨,雷声很大,雨下得也很大,早上起来的时候已经暴雨如注,暴雨来得急,停得也快。雨后空气湿润,到处漂浮着花草的香气和田园的味道,阳光普照,非常舒适。在路边的沟渠里看见了一朵才开的马兰花,花朵并不大,但却颇有生命力,摘下来后送给同事小燕,她拿在手上还招来了一只蝴蝶落在花上,真是花香自有蝶来。

　　我们要去五小队亲戚家。之前给古丽哈伊尔打了电话,半路上就碰见了她的爸爸沙吾尔。亲戚做了精心准备,桌上摆着葡萄、巴旦木、沙枣,还有馕。嫂子嗓门很大,热情好客,给我们端了茶水,在等待的过程中我们一起聊天。今天,我们还学会了一句柯尔克孜语"贾克西",维吾尔语发音"亚克西",哈萨克语读音"贾克斯",柯尔克孜语就整合成了"贾克西",都是"好"的意思。亲戚家去年新盖的安居房收拾得非常干净。今天下雨后窗台进水了,上面放的书被浸湿了,看着有一点可惜,我把书移开了。亲戚家的卫生间非常大,洗脸池干净明亮,一个热水器非常显眼,房顶还装了浴霸。我还没有在亲戚家的新屋子里住过呢。虽说是吃拉面,却先上了一大盘羊肉,一人一块。拉面很细,菜略有点少,不过他们还准备了一盘韭菜炒鸡蛋。亲戚的外孙很调皮,孩子长得非常瓷实,眼睛咕噜噜地转,很是机灵可爱。吃完饭,嫂子让在这里休息,我们客气了一下就告辞了。亲戚要用摩托车送我,我们坚持走一走。我们碰见了一位开三轮摩托车的村民,他很乐意送我们到村委会,尽管车厢里放了两袋饲料,我们随同那些饲料一起到了村委会附近下车。

下午去了西热普家。家境比较好,他本来是一位打馕师,我跟他的女儿艾斯玛·西热普已经很熟了。孩子昨天打电话来,说非常想念我。去之前,我给孩子买了一些文具,还有一个充电台灯。出门以后风很大,刚好有一个营运的三轮摩托车,我们就打车到了西热普家。他的大女儿很是朴实热情,这个女孩子在克州人民医院实习,她和我亲戚海热拉的女儿迪里胡玛尔是同学。

做饭的过程中,嫂子准备好了茶水,我们喝茶吃馕,他们家的馕味道非常好,因为本来就是打馕师,所以做得更有特色。女主人坚决要我们留下来吃饭,我来主要是看看正在上小学的艾斯玛。等待的过程中,我走出院子,爬到门口的一个大土包上,感受山风。过了一会儿,看见两个小朋友背着书包来了,艾斯玛小朋友眼尖,招手让我下来,她也跑着过来,抱住我亲了一下,还说"想死你了",接着就开始抹眼泪,我相信这是一种真心的喜悦,装是装不出来的。

艾斯玛学习非常好,是班里的学习委员,我看了她的作文,语言通顺,字迹工整,很是难得。同行的小沈和艾斯玛小朋友一见如故,两个人除了热聊学习,还臭美地自拍,我又拍到了他们生动自然的自拍。好像有句话说:自拍美颜了她们,我又美颜了她们的自拍,相机是她们的美梦,我是那个按快门的人。晚上亲戚准备了汤饭,这也是我们要求的,一家人吃得其乐融融。正在吃饭的时候,村上的干部来了,这名干部非常精神,她的表达能力非常强。她说很知足,有一个好的丈夫,有一个好的婆婆,有一个非常好的家庭,因此没有任何后顾之忧。她说来这里吃饭也是碰上了,既然有亲戚在,那就是一举两得。我的几位女同事吃得少,她说这样吃饭"你们的胃也会不高兴的"。快离开的时候,艾斯玛建议我们一起跳舞,她打开电脑,插上U盘,放开舞曲,我们和艾斯玛一家人一起跳起了麦西来甫。我虽然不会跳舞,也会沉醉这种氛围之中,且有亲戚来请,只好手舞之足蹈之,跟着节奏也算是跳起了舞。跳完舞,我们又照了一张合影。

油鸡队 瑜伽团

在大家的倡议下,亲戚们正在唤醒沉睡的托格拉克湿地。托格拉克村附近有座小型水库,水位上升,形成湿地。湿地主要是一些抗盐碱的植物和树木,如芦苇、红柳、榆树等,郁郁葱葱。目前正是红柳开花季节,因为生长在湿地,那些红柳颜色浓郁、枝叶繁茂,很是骄傲和张扬。林子大了鸟多,何况这里水草繁茂,有很多野鸭、白鹭之类的水鸟,听这里鸟儿的鸣唱也很享受。有时候能看到古人诗意景象:白鸟一双临水立,见人惊起入芦花。水库中还有鱼虾畅游,螃蟹横行。现在这里成了旅游开发的处女地。

那天,大家创意开展了一场"我和亲戚学打馕、我教亲戚吃螃蟹"的游园活动。为了这个游园活动,我也献上了书法家的公益爱心——用两个多小时在粗糙的木板上写下了一些临时起的旅游点地标:油鸡队、爱情海、白鹭苑、钓鱼台、芦苇荡、观鹭岛、一马当先,等等,这些名字听起来颇有诗意和想象力。油鸡队就是养鸡场,油鸡是一种鸡的品种,倒是很有意思。所谓爱情海,只不过是两小滩水,最初想的名字叫夫妻泉,后改成爱情海。广告词就是这样,文化创意也是如此。当然这些名字足以吸引人和迷惑人,这就是我们两个干宣传的人想出来的,我是前任,绍滨同志是继任者。

村民和村干部以及城里来的亲戚们聚到了游园现场,观看打馕。打馕从生火开始,要经过一番烟熏火燎,才能造就馕的热情和美味。一位柯尔克孜族老人赶着毛驴车来了,毛驴车也装饰一新,披上了艾德莱斯绸,老人颇为兴奋,穿着件皱皱巴巴的西装,见我拍照,赶紧把民族特色的披风如魔术师一般穿在了身上,顿时变得鲜亮起来。一辆驴车装扮得更有意思,驴儿两耳还都挂上了艾德莱斯绸,车上铺了漂亮的毯子,让人看了就想跳上去感受一下。

沿着我用油漆书写的旅游地标,我们实地参观爱情海时,大家觉得颇为有趣。路还是原来的路,水还是那摊水,白鹭不见鸟,油鸡满地跑。因为多了木质的标牌,多了几分对美景的想象。不是不美,看您有没有发现美的眼睛、感受美的心灵。

那天,亲戚们赶着驴车、骑着摩托聚集到游园现场,沿着木栈道互相牵挽着参观湿地的景点,一起合影留念。活动的高潮是赛马,他们不知从哪里弄来了两匹马,一匹白马,一匹黑马。白马很白,黑马不太黑,那匹马非常刚烈,不让人靠近。贾丰会骑上以后便"萧萧班马鸣",人未横刀,马先立起,烈马昂首腾空而起,那一幕我用照相机抓拍了下来,觉得贾丰会颇为英武。老夫我也按捺不住自己对马儿的喜欢,鼓足余勇冲将过去。本不想选择这匹白马,贾丰会说那匹黑马更加厉害。于是硬着头皮选了白马。拉过缰绳时它并不让我接近,但当我骑上以后倒是比较听话,不像对待贾丰会那么抗拒。突然想起一句俗语,此刻,这匹马是善良的。我的亲戚海热拉则骑着黑马奔驰,颇为自得,我和他赛马,并无输赢。

这两天还有一个任务:教孩子们国家通用语言。那天在小燕的亲戚家吃饭,饭前,长得很结实的小朋友在餐桌上非常专注地写作业。看他写字的笔顺基本上都不对,小燕给他纠正了。不一会儿,小燕的亲戚大姐拿着国家通用语言教材,追着请教小燕教她发音认字。她说:"如果你们能在这里待上三五个月,我一定能够学会的,但是你们现在来了三五天就走了,过一段时间我就忘掉了。"

致富了的亲戚们不仅吃得好了,而且在追求美。我们单位的女同志都很漂亮,关键是她们很会化妆。这次没事就教亲戚们画眉,亲戚也很喜欢学习化妆技巧,当时,抓拍了几张很好的照片。

在我的一个亲戚家,她们还一起热热闹闹地练瑜伽,不时有开心的笑声飞出院落,而教练就是同事祝吉。在祝吉的号召下,迪丽胡玛尔还换上了练瑜伽的服装,大家一起做基本的瑜伽动作,塑形美体。小孩子艾孜热提是个人来疯,激动地穿梭其中,在大炕上玩足球捣乱,也不知啥时候他爬上了近两米高的窗台上。有的动作难度极高,做得不到位时,大家笑着互相纠正。练累了,大家就跳舞。阿依尼莎很有练习瑜伽的兴致和天分,晚饭后主动跑来要求一起练习,一个月后听说她每天晚上都坚持练习呢,真是让人敬佩。我这个男士仿佛是个多余的人,留下来看也不是,不看也不是,于是我就给他们拍照,也算是参与其中。

80多岁的老妈妈,倚在炕头陪伴我们,看着她们练瑜伽、跳舞、笑闹,不时还微笑着比画一下。老人家始终慈爱地微笑着,让我们感觉到,我们都是她的孩子,愿意在她的怀抱里睡去。我还记得那天晚上11点多才到我的亲戚家,84岁的亲戚老妈妈非常周到,专门为我们烧茶,又陪我们喝茶聊天,让我们非常感动。我觉得天底下最幸福的人就是这位老妈妈,大儿子、小儿子是邻居,四世同堂,天天围着老妈妈一起聊天,可谓儿孙绕膝,衣食无忧,尽享天伦之乐。她的孙女儿迪丽胡玛尔长得非常漂亮,关键很有气质,给她随手拍的每一张照片都可以当封面人物。

这次去给艾孜热提带了一个足球。听到我来了,小家伙上衣都没有来得及穿,冲将出来跳起来抱住我,那种亲热劲让我都感动。阿依尼莎汗给我说,艾孜热提说李枝荣叔叔说了要给他买足球,孩子一直在期待呢。幸亏我没有忘记,否则便是失信了。

共同见证祖国70周年华诞

2019年9月30日上午。早上到单位，同事高欣问是否要去农村？我毫不犹豫地说去。很快10个名额就用完了，还临时增加了几个人。这两年，大家和亲戚越来越亲，现在大家随时做好了去基层的准备，毫无怨言。

上午很忙，处理杂事。午饭后立即回家收拾东西，出门时正在下雨。

单位对这次去农村比较重视，办公室专门安排车送我们。绕了一大圈，我是最后一位上车的，由于下雨，一路堵车，我们匆匆忙忙赶到了机场，还好时间比较合适，飞机略有晚点。同事们似乎欢聚在了机场，非常开心。坐上飞机以后因起飞管制排队，等候时间比较长，比原计划时间大约晚了40分钟。下飞机到喀什时已经是晚上11点。中华人民共和国成立70周年华诞在即，边疆处处华灯彩照。即使是遥远的喀什、克孜勒苏柯尔克孜自治州这些地区，也为祖国生日增光添彩。到村上时已经是10月1日凌晨了。

太晚了，我们就在农民工服务中心住宿，我和为民一个屋。在呼噜声中入睡，也在呼噜声中醒来。一夜几乎没有睡着，他6点不到早早起床洗澡。我们似乎与参加天安门阅兵式的人员在作息时间上同步。

今天，要和村民一起升国旗。村支书在升旗之前还让村民练唱了《中华人民共和国国歌》，看看大家是否唱得出来唱得准确。在雄壮的国歌伴奏音乐和村民合唱声中，五星红旗冉冉升起，托格拉克村的村民们为祖国的生日送上了无尽的祝福。

升完国旗，村支书让老党员和入党积极分子留下来，大家与国旗一起合影。党员们穿着非常整齐，白衬衣、深色裤子，个个显得很有精神，加上五星红旗的映衬非常好看。

随后，我们和村民一道在农民工服务中心2楼观看国庆典礼活动。当电视上主持人宣布升国旗的时候，村民整整齐齐站了起来，国歌奏响的时候，大家也在轻声地歌唱，与遥远的北京共鸣。村民对央视的解说可能听得不大明白，但是那些图像，三军将士整齐划一的步伐、飞机导弹各种武器的亮相、宏阔壮丽的群众队伍、五颜六色的彩车等一定能够让村民感受到祖国的强大，和我一样感到作为14亿中国人一份子的自豪。

中午在为民的亲戚阿依木古丽家吃了拉面。阿依木古丽为我们倒茶水时，我随手拍了几张照片，有几张效果还很好。饭后又到我的亲戚沙吾尔家，沙吾尔大哥非常高兴，他带我参观了他家新建的比较现代的牛羊圈。棚圈里的7头牛生龙活虎，非常健壮，还有鸽子头顶盘旋。我和那些牛合影照相，还给它们喂了些草。沙吾尔大哥指着其中的一头小牛犊说："这头牛给你儿子，先在这里给你养着。"我就欣然接受。沙吾尔亲戚反复用普通话说:共产党好! 政府好! 我还会用维吾尔语说这几句话呢,他的女儿古丽夸我发音太标准了。

晚上一个人在这里住宿。睡觉前突然刮起了大风,声音强劲,吹得树木沙沙作响,感觉轰隆隆一阵妖风过路。第二天早上起来,先是风平浪静,然后又是"大风起兮云飞扬",不久就吹来了几滴雨,出门时我还带了雨伞,结果也没有用上。山区的天气就是这样任性,说变就变。

次日上午和马副主席、高主任一起去托万买里村和阿热买里村看望了几户人家,并看望了干部们。马副主席新到工会不久,对一些干部不是很熟,我向她一一作了介绍。

看了两户人家,家里情况相对困难,但家里都收拾得很干净利索。阿热买里村有集体林地,种了一些果树,我们品尝了自家的梨子,酥甜多汁,感觉好久没有吃这么好吃的梨子了。到托万买里村,陈队长带我们去了几户人家,总体情况很好。到一户人家时,机器轰鸣,单身的小伙子正在做木工活。马副主席让他好好干将来找个媳妇,还说找媳妇千万不要光看漂亮,还要会顾家。小伙子很是有头脑,木工用电脑设计、电脑雕刻,一个月也有五六千元的收入。我们也品尝了这里的水果,梨子和桃子都非常好吃。

中午回到托格拉克村五小队,在茹仙古丽的亲戚家吃了抓饭。这家房子盖得很好,很有特色,进门以后有个大厅,入门处有一个半封闭式的炕,木工雕刻很是精美华丽。饭后,我们和马副主席聊天,聊了很多话题。然后我们步行到了二小队马副主席的另一户亲戚家,此行主要是调解家庭矛盾。在路上,我还摘了一枝正在盛开的马兰花,在这个季节是很少见的,所以便成了向女士送上的稀罕之物。

茹仙古丽帮阿克木卖掉了一些核桃。阿克木家的核桃丰收,今年的新品20块钱一公斤,价格也并不高,机关干部很有爱心,帮他消费掉了七八袋子,算是帮了他的大忙。我们队的油鸡已经长大,可以出栏了,35元一只,很多干部认领几只。我开玩笑说,卖一只鸡,有我两个鸡爪子,上次我给他们养鸡场题写了"油鸡队"标牌,绍宾开玩笑说折成鸡爪子当润笔费。大家采购不少,有葡萄、石榴、鸽子、羊肉等,都是大家选购的对象,打包扯胶带的声音此起彼伏。加上村民亲戚的心意,送我们的汽车里堆满了大箱小箱,坐飞机时都差点超重了。

南疆农村门迎百福

2020年1月23—24日，我和同事在托格拉克村和托万买里村度过了己亥年的最后两天。这里距乌鲁木齐大概1450公里，坐提速后最快的一趟火车，需要大约16个小时，坐飞机需要将近两个小时。托万买里维吾尔语是下游村的意思。这两天我们与亲戚一道欢度春节。

除夕下午，我先到了托万买里村。时间尚早，我悠闲地独自走在托万买里村，挨个看路边民居大门上贴的春联和福字，很是感慨。灿烂的阳光下，有的村民在门口晒太阳，有的村民赶着牲畜，有的村民骑着摩托或开着汽车闲逛，不时还有孩子在嬉戏打闹。现在，南疆的农村祥和美好。

这里农家大门宽厚敦实，很适合贴春联。这里村民的大门非常漂亮,家境好的是实木雕花,有的会染成彩色,显得富丽堂皇;有的坚持用本色,显得古朴典雅,也有漆成蓝色,显得清爽大方;也有用铁艺焊成的大门,显得精巧时尚。略微讲究一些的人家,还会盖起门楼,依然是雕梁画栋,有的在门墙上彩绘,有的还用瓷砖铺成色彩明快的图案。家家户户门墙上还要悬挂国旗,轻风吹过,国旗飘扬,也不失为农村的一道亮丽风景。

这道风景是自然的、美丽的、最富魅力的,犹如春风化雨,润物无声。

看到这些印刷精美、内容接地气的春联,勾起了我儿时的记忆。小的时候,我生长在甘肃老家农村,每到除夕下午,哥哥姐姐带着我们要在自家门上贴春联,有一副经典的春联牢牢地刻在了我的脑海里——"天增岁月人增寿,春满乾坤福满门"。即使在牛羊圈,大概还要写"六畜兴旺"之类的横批。近几年,从机关到社区,从军营到企业,都在组织写春联送福字,大批的书法家参与其中,使春联的书写质量明显提升了很多,而一些诗词名家的参与,使春联文字的质量也有了明显的提升。

小小春联,蕴含了文辞之美和书法之美;小小春联,承接着传统生活和现代生活;小小春联,影响着城乡百姓的思想观念和生活理念。

现在,插国旗、挂灯笼、贴福字、贴春联,俨然成为新疆农村的一种时尚。尤其是后二者,新疆书法艺术榜书研究中心的组织功不可没。更为可贵的是,除了大批量请书法家写了并专门印制的春联外,也有村民自发从集市上购买的烫金的春联,这或许更加符合村民的审美习惯,毕竟"珠光宝气"是更多的老百姓所喜欢的。

今年在托格拉克村,我还看到村民或孩子自己书写的春联,那副春联倒是有些天真烂漫。有个学生穆合赛丽家贴上了自己写的春联,她专门让爸爸买来红纸,自己写春联,字体尽管有点稚嫩,但更显得天真烂漫,笔墨之间能感受到她对美好生活的渴望。当我路过她家时,她拦着我让我看她写的春联，还特意把自己练习的另一副春联展示出来，她说："书法家写的春联舍不得贴，这个好的春联留了下来，当作范本对着写，要不然会让雨淋湿好可惜。"她还请我和她在春联前一起合影。

我今年参与了书写春联的活动。我寻找了半天，未看到自己书写的春联，也许在某个村里的大门上贴着呢。

走在农村的路上，看着以中国人最喜欢吉庆的红色基调的国旗、灯笼、春联、福字，我们已经走在春风里。

努开勒村见闻录

时间过得很快,马上到晚上 12 点了。农村本该安静了,不过偶尔还能听到远处隐约的农机声、牛羊的叫声、小孩的欢呼声,以及各种虫子的鸣叫声,还有清风送来庄稼的窃窃私语和杨树的聊天声,仿佛汇成了小夜曲。据说前一阵天气酷热,我们来之前下雨了,所以这两天凉快些,如同今夜此刻,一派祥和清爽。回想白天的历程,用语音输入做些简单记录。怕影响别人,也怕打断思路,我需要独处,所以我喜欢亲戚家门口的路灯,一把凳子便是安神之处。

我们在喀什岳普湖县阿其克乡努开勒(八村)的亲戚家。从乌鲁木齐出发坐特快火车需要 15 个小时,再坐近两个小时的汽车。距离不是问题,问题是心的距离。

我的工作单位调整到了新疆艺术学院,所以现在以学院的工作人员身份来看亲戚。到了村里,蒋常委给我们介绍了村里的工作情况和近期重点任务。最近农活不多,协助做好这些工作,也就成为我们此行重点任务。我们一行人的组长毕校长的亲戚很快行动了,老婆、女儿一起搬东西开始铺瓷砖,我想可能节约了成本,质量恐怕无法保证。第三天晚上,毕校长专门到村民夜校与村民交流,与农民互动,村民报以更加热烈的掌声。

　　我们的亲戚家每个房门都挂了宽大的门帘,亲戚家客厅铺的是瓷砖,还有长长的沙发和宽大的茶几,厨房和客厅也是分开的,房间里换成了新床。房间里卫生间和淋浴器一应俱全,屋外还有一个简易的带马桶的厕所。第一天早上见我在外用厕,三岁的小朋友茹可耶说,里面有卫生间,你知不知道啊,她反复地跟我说"你知不知道啊",很是认真,她的国家通用语言出奇得好。这是一个非常可爱的孩子,她抱了一只小猫,猫发出呼噜呼噜的声音。给她拍了一张照片,孩子很兴奋和激动。我给小女孩送了两个拼图礼物,告诉她大的是姐姐的,小家伙说"还有小姐姐呢",于是又拿了一个,她开心地走了。下午,她还给我展示了她们拼好的模型呢。

　　毕校长2015年在这里下乡,对村里的情况非常熟悉。我们一路走一路打招呼。路上尽是熟人,开三轮的、骑摩托的,遇见就停下来握手寒暄,一会儿就能聚上八九个人。他和一位中年人聊了很久。毕校长告诉我说,村里动员农民贷款养牛,那个中年人说万一赔了咋办?5万变成了6000怎么办?这个钱自己还不起啊。毕校长告诉他,银行贴息贷款,牛由合作社来养,风险小着呢。毕校长和他们聊得很顺利,把这位中年人的思想工作也做通了。

　　我的亲戚努尔亚·库普是一位摩托车修理工,去年见了一面,他的老婆见到我来一时没有反应过来,想起来后笑逐颜开,我说明了来意,算是预热。第二天，早上8点多，我还在迷糊，她就打电话过来叫我们吃饭。中午去时，女主人已经准备好了东西。葡萄架下的桌子上，摆好了吃的，用桌布盖着，我们到了就掀起"盖头"来，主人还摆了造型，有酒店摆台的感觉。大块吃肉，小碗喝汤，聊天中，我把带来的礼物给了孩子们。吃饭之前，看见房子里有三个孩子（其中两个是邻居的），正在专注地打游戏，一个比一个聚精会神，一个比一个神情专注。女亲戚是一位裁缝，有手艺傍身。她曾经在县城里开过店，现在身体不好，就在家里帮邻居做一些衣服。记得第四天再去时，她正在用缝纫机干活呢。小时候我家先后有飞人和标准牌缝纫机，老妈手巧，给家里所有人做衣服，农闲时还帮忙给亲戚邻居们做衣服，也没有收过钱。告别亲戚的时候，亲戚要给我们带些土鸡蛋，我们谢绝了好意。

这次来村里，我专门带了笔墨、印章之类的材料。五村建了书画室，今天去写字算是开张了。我请喀什的朋友建雄和汤闯过来时带一些好的纸墨。等待之时，毕校长、纪光体验了一下毛笔字，还蛮有感觉，都能够把笔按下去，而且写得很实。好在有卡纸，可以自由随性地抄一些诗词，抄着抄着有了感觉，同事说不要累着了，休息吧。大概写了30来张，把带来的大小卡纸全部用完了，又用宣纸写了几张，也算给我们的支持。

这个季节没有什么农活。在毕校长亲戚家吃鸡之事不能不记。我们走过去的时候烈日当空，没有任何躲避的地方，那些水渠旁的杨树虽然高大，正午只给水渠提供绿荫，但我们总不能跳到渠里走吧。左手的核桃树、木槿花、梧桐树、榆树等初长成，若不浇水自身都难保。在路上，我们看到一只孔雀横穿而过，很是稀奇，我正在兴奋拍照呢，只见孔雀抖了一抖，冒出了烟尘，那只超级土灰的孔雀真会煞风景，我们大笑不已。亲戚到牛羊圈里去抓鸡，主人拿着棍子赶鸡，女儿、儿子帮忙，鸽子吓得飞来飞去，牛也惊恐地不知道发生了什么事情，鸡更是惶恐不安到处乱窜。主人还是比较利索,用棍子按住了一只倒霉的鸡。两只鸡就这样"光荣"了,然后一地鸡毛,活鸡变成大盘鸡,味道很不错,我们赶紧吃晚饭,边吃边聊,有些政策也讲了。饭后,主人开三轮摩托车送我们,里面还专门铺了坐垫,我们顶着烈日,坐着高级敞篷车回到住处。

纪光亲戚家里有一张超大的铁床,这个床是真正悬空的,不像在其他家是传统意义上的炕。床上有一个很大的炕桌,上面摆满了食物,葡萄、干果、点心一应俱全。他家的甜瓜甘甜香脆,比瓜更加香甜的是村民的情谊。拉面羊肉饱含着盛情,吃完饭后我给他们拍了照片,坐在床上非常自然。同事魏旭的亲戚算是一个大户,房子盖得很好,花园比较整齐,花园里面还养了两只猫。他家里有四个小朋友,最小的孩子很调皮,喜欢我的镜头,我也给她拍了不少照片,这个小家伙爬上爬下,还爬上花园的墙费劲儿地拿出桶里面的勺子,拧开水龙头接水,仰脖就喝,农村的孩子长得都很皮实。我可能是边吃西瓜边喝羊肉汤的原因,有些拉肚子,本想到村委会找点药去,艾力说不用,吃沙枣就可以,他拉着我找到了一棵沙枣树,艾力摘了一些基本成熟的沙枣,我吃了一些,果然就好了。

我们参观了两个村,印象最深的是"四史馆",通过大量的图片配文字解说来说明历史,我觉得这件事情做得非常好,令我最为感兴趣的是,配图史料大多与书法有关,如出土文书、墓碑简牍之类,这是我孜孜以求的东西。

后 记

　　《胡杨的微笑》是我在担任新疆维吾尔自治区总工会宣传教育部部长期间走亲戚的记录。

　　2014年我在南疆工作生活了一年，当年无心插柳般的记录出版了一本图书《零距离》，被列入了自治区成立六十周年大庆的重点出版物，进入了东风工程和全国总工会职工书屋，还在新疆人民广播电台连续两个月播出，总体反响很好。因为有那一次的成果鼓励，所以在走亲戚的过程中，我就自觉地坚持记录，还买了一个微单照相机专门拍照，那些文字中带有泥土的味道，那些照片定格了瞬间的真情，我想这是作为一名宣传干部应该履行的职责。现在回过头来看，也是弥足珍贵的。从2016年到现在，也正是新疆大地发生巨大变化的时期。本书点点滴滴都反映着新疆农村亲戚在党和政府的帮助下，发生了巨大变化，书中的一些孩子有的升了高中，有的上了职校，有的上了大学，有的在外省区参加了工作，有的在当地就业创业，大人们也憧憬着美好的生活，他们是受益者，也是新疆乡村巨变的参与者、见证者。高高飘扬的国旗、大红的春联福字和发自内心的村民的笑脸，表达了亲戚们的幸福喜悦、感恩之情以及对美好生活的追求。我们与亲戚一起干农活，和大人交流，和孩子互动，尤其对孩子的关心和爱护更表达着干部们的一种情怀。这一切，作为干部们来说，都是值得的，更多的是收获以心换心的快乐。

我自认为我的文风是朴实的，我的记录尽可能轻松愉快，但偶尔的思考流露于笔端却是深沉的。我要把这本书献给新疆所有的干部们！因为书里面都能找到自己的影子，我原单位（自治区总工会）的干部是这样做的，我现所在新疆艺术学院的干部和老师也是这样做的，相信新疆这个大家庭的人们都是这样做的，而且一个比一个做得更好，所以我相信这些文字会引起大家的共鸣。

因为是丛书，为了统一风格，这本书没有配图，这可能是我最大的遗憾。或许这个遗憾将激励我去举办一个图文记事书法展览来弥补。我要感谢一直鼓励和支持我写作的王族老师，感谢新疆文化出版社编辑马音杰老师的辛勤付出。《胡杨的微笑》的出版，也了却我的一桩心愿！

李枝荣

2023 年 11 月 20 日